Thomas Gornet

L'amour me fuit

Neuf
l'école des loisirs
11, rue de Sèvres, Paris 6ᵉ

Du même auteur à *l'école des loisirs*

Collection NEUF

Je n'ai plus dix ans

Collection MÉDIUM

Qui suis-je ?

© 2010, *l'école des loisirs, Paris*
Loi n° 49.956 du 16 juillet 1949 sur les publications
destinées à la jeunesse : septembre 2010
Dépôt légal : septembre 2010
Imprimé en France par CPI Firmin Didot
à Mesnil sur l'Estrée (100797)

ISBN 978-2 211-20315-9

Pour Julien, encore,
toujours.

6^e

Il paraît que la sixième fait grandir. Il paraît.

Je le croyais, avant aujourd'hui, avant la rentrée.

Je m'imaginais je sais pas quoi, que mes pieds allaient pousser d'un coup, que mon nez allait devenir comme celui de mon grand frère, avec des petits boutons dessus, que j'allais m'intéresser à une émission politique ou lire un journal en noir et blanc, et même, pourquoi pas, écouter des groupes de rock qui n'existent plus.

Eh bien non.

Je peux le certifier : aujourd'hui, 4 septembre, jour de mon entrée en sixième, rien n'a changé.

J'ai toujours la même tête, un peu carrée avec l'oreille droite légèrement décollée, la même mèche de cheveux blancs qui rebique dans mon cou, comme un drapeau blanc au milieu d'une forêt de lianes noires et bouclées.

J'habite toujours tout seul avec mon très grand frère Kaï, qui s'occupe de moi depuis que maman n'est plus là.

Et, surtout, j'ai toujours ce petit truc à l'intérieur de moi. Un petit truc qui me provoque du vide aspirant ou alors un plein très angoissant. Une sorte d'animal qui me grignote le cœur, qui se balade dans mes intestins depuis six mois. Depuis le 22 mars, plus exactement. Quelque chose qui fait que j'ai «une tête de déterré», d'après Kaï. Je ne sais pas ce que c'est, un déterré. Mais je sais quelle tête j'ai.

La tête du type qui a été amoureux et qui ne le sera plus jamais. Jamais.

Non, ce n'est pas la sixième qui fait grandir. C'est le chagrin.

CE2

Le jour de mes huit ans, maman a disparu.

C'était aussi le jour des dix-sept ans de Kaï, car, à neuf ans d'intervalle, il est né le même jour que moi. Papa avait pris un jour de vacances exprès et acheté deux gâteaux au supermarché.

Un au chocolat pour Kaï, avec dix-sept bougies style «ballon de foot» (alors que Kaï déteste le sport en général et le foot en particulier), et un à la framboise pour moi, alors que je préfère la fraise, avec sept bougies bleues dessus car papa n'a jamais su compter quand il s'agit de l'anniversaire de ses fils.

On était à table. On avait fini de manger une blanquette de veau. Les couverts étaient posés dans les assiettes, des restes de gras nageaient dans des fonds de sauce blanche, la salade verte n'avait pas été terminée, comme d'habitude. Et maman avait dit : « Je vais acheter du coulis de fraise. » Papa avait dit que non, que c'était vraiment pas la peine, qu'on allait prendre du retard (sur quoi, je me le demande encore). Et que c'était idiot, avait-il fini par asséner.

Mais maman ne l'avait pas écouté, avait dit que l'épicier d'en bas était encore ouvert, et qu'il en avait, du coulis de fraise, elle en avait vu hier. Alors elle avait pris son manteau vert, son parapluie jaune et son sac sans couleur et elle avait claqué la porte d'entrée.

Comme d'habitude quand on se retrouve seuls avec papa, personne ne disait rien. Kaï regardait dehors et moi dans mon assiette.

Ça avait duré au moins vingt minutes.

Puis papa avait décidé d'apporter les gâteaux, « pour la faire venir ». Il avait dû chanter deux fois « Bon anniversaire » car, vu qu'il n'a pas quatre bras, il avait bien fallu les apporter l'un après l'autre, les gâteaux.

Il chante faux, papa.

On était là, Kaï et moi, silencieux devant nos gâteaux illuminés, papa debout dans l'embrasure de la porte du salon, à se ronger les peaux des doigts. J'ai même le souvenir que des cheveux tombaient tout seuls de son crâne, tellement il avait l'air anxieux, à fixer aussi fortement la porte d'entrée.

Les bougies avaient complètement fondu, faisant des petites mares de cire sur chacun des gâteaux. Sept mares pour moi, dix-sept pour Kaï.

J'avais demandé :

— Elle est où, maman ?

Papa avait dit :

— J'en sais rien.

Il était parti s'enfermer dans sa chambre et on l'avait entendu passer des coups de fil toute la soirée et toute la nuit.

Kaï m'avait dit :

— Elle s'est cassée, maman. Et je la comprends.

Ça m'avait surpris, d'un coup. Il m'avait bien fallu trois minutes pour comprendre que maman n'était pas un vase qui peut se briser en mille morceaux. L'image m'avait fait peur. Mais quand j'avais compris qu'elle était tout simplement partie, du coup, j'avais été rassuré. Et je n'avais pas pleuré.

Maman était partie et, depuis, on n'avait jamais eu de nouvelles.

CE2

Je ne vais pas dire que ça m'avait rendu heureux, cette disparition. Non. Mais je n'étais pas vraiment inquiet non plus. Parce qu'on ne se disait pas qu'elle avait disparu, mais qu'elle avait quitté papa. Kaï disait qu'il aurait fait pareil à la place de maman, c'est vrai, quoi, ça devait pas être marrant de vivre avec quelqu'un qui ne portait que des costumes noirs et ne faisait que voyager. Kaï se demandait même comment ils avaient fait pour nous concevoir. Sans doute entre deux portes. Mais l'image était bien trop choquante pour que je m'y attarde.

Alors, le lendemain de nos anniversaires, j'étais allé à l'école sans être plus traumatisé que ça. Moi, je me disais que maman reviendrait sûrement bientôt. Peut-être pas pour revivre avec papa, mais au moins pour nous voir. Kaï me tenait la main et je le sentais plus angoissé que moi, finalement. À l'époque, il avait les cheveux en brosse et ce matin-là ils semblaient très piquants, ses cheveux.

À la hauteur de mon école, Kaï m'avait lâché la main et m'avait récité son rituel «Bonne journée, poil au nez, travaille bien, poil aux mains». Un truc qu'il me répétait depuis que j'étais en CP, même peut-être avant, quand j'allais en maternelle. Quand j'étais petit, ça me faisait mourir de rire, surtout que j'étais trop fier que ce soit mon grand frère qui m'emmène à l'école et pas un de mes parents, comme tous les autres enfants. Maintenant, ça faisait belle lurette (c'est quoi, «lurette», au fait? Ou peut-être faudrait-il se demander: «C'est qui?»), ça faisait très longtemps, donc, que ça ne me faisait plus rigoler. C'est pas si drôle, comme blague. Par contre, ce qui pourrait être marrant, ce serait de compter le nombre de fois où il me l'a dit, en additionnant les jours de ma vie où je suis allé à l'école, et on aboutirait à un résultat incroyable.

Un jour comme les autres, donc. À part peut-être que Kaï ne s'était pas retourné au coin de la rue, avant de tourner vers son lycée. Tous les matins il le faisait, il ne pouvait sans doute pas s'en empêcher, de me surveiller du coin de l'œil, de vérifier que son petit frère rentrait bien dans son école et ne se faisait pas la malle en douce ou enlever par un maniaque sexuel. Et moi, tous les matins, je faisais semblant de ne pas le remarquer, je le surveillais en train de me surveiller, par en dessous ou bien caché derrière le cartable d'un copain. Et quand on y réfléchit, ça peut être vertigineux, si on imagine que Kaï, en plus de me surveiller, me surveillait le surveiller me surveiller, non ? Faudra que je lui demande, un jour.

Bref.

Il se trouve que c'est ce jour-là, en plein mois de novembre, que j'ai rencontré Josie. Le lendemain du jour où j'ai perdu maman.

C'était à la cantine. Au self. C'est pas très romantique, au départ, comme lieu de rencontre, mais c'est là que c'est arrivé et ça le transforme donc, de fait, en un endroit romantique.

J'étais avec Faysal, mon copain, mon copain de pour la vie, et on cherchait une place. Plateau en mains, tête en l'air et pieds évitant instinctivement les rondelles de concombre qui collaient au sol carrelé.

Et là, toute seule à la quatrième table en partant du fond, près du radiateur sans robinet, sous le lustre qui clignote, il y avait une drôle de fille que j'avais jamais vue. Faysal non plus, apparemment, puisqu'il avait dit :

— C'est qui celle-là ?

J'avais pas répondu et il avait ajouté en rigolant un peu :

— Elle est grosse.

Il avait posé son plateau à l'autre bout de la table où la fille était assise, à l'exact opposé d'elle en diagonale, et était parti remplir le broc d'eau. Moi, je m'étais installé en face de son plateau, sur le même rang que la fille, et j'avais été obligé, pour la regarder, de tourner la tête, ce qui ne faisait pas de moi un garçon très discret.

La fille était grosse effectivement, et jolie. Bon. Je suis désolé, je suis nul pour décrire les gens. Je sais qu'il faudrait que je dise : « Elle est blonde, avec des cheveux lisses coupés au-dessus de ses épaules, des yeux en amande, un visage ovale » et je sais pas quoi d'autre. Mais je sais pas vraiment faire et je trouve que ça donne pas une très bonne idée des gens. Je préfère fonctionner par images. Par exemple, moi, je trouve que je ressemble à un compteur EDF. Papa ressemble à une valise en cuir plate et noire. Kaï, à un serpentin bleu foncé. Maman, à un nuage prêt à pleuvoir. Bref.

La fille, elle, ressemblait à un petit pois rose pâle. Voilà à quoi elle me faisait penser.

Elle avait l'air d'avoir le même âge que moi. Sans doute qu'elle était dans l'autre classe de CE2.

Elle s'apprêtait à mordre dans une tartine de Vache qui rit quand elle avait levé les yeux vers moi, alors je m'étais senti mal et j'avais voulu me servir de l'eau pour me donner une contenance, à moi et à mon verre vide. Mais Faysal ne revenait pas, et j'avais agité machinalement la main comme un débile au-dessus de mon plateau, et j'avais entendu la fille pouffer de rire.

Elle m'avait dit :

— Je m'appelle Josie, et toi ?

— Zouz.

Elle avait froncé les sourcils :

— Zouz ?

J'avais dit plus fort :

— Zouz.

C'était à ce moment-là que le broc s'était retrouvé à côté de moi et Faysal en face. Josie avait mordu dans sa tartine et Faysal s'était lancé dans un grand monologue sur le jeu que je lui avais prêté la veille et qu'il avait déjà terminé. Je m'étais laissé embarquer et je n'avais pas vu Josie partir.

Je me souviens juste que, quand on s'était levés de table, elle n'était plus là.

J'avais souri, j'étais resté un peu immobile à contempler sa place vide et j'avais su que j'étais amoureux.

Alors je m'étais retourné et j'étais parti rejoindre Faysal et, pour rigoler, je lui avais roté dans l'oreille par-derrière pour le faire sursauter.

Ça avait marché, parce qu'il avait hurlé dans toute la cantine :

— Aaaaah ! T'es vraiment dégueu comme mec !

6ᵉ

Première heure du premier cours de sixième : la prof principale nous récite le règlement intérieur, les consignes de sécurité, l'emploi du temps, les options possibles, les cours facultatifs, les heures de soutien et plein d'autres choses qu'absolument personne n'écoute. Chaque élève ressemble à un poisson hors de l'eau. On est tous là, à se demander ce qu'on fait à trente dans une salle de classe au parquet de bois verni, face à une dame qui nous fout la trouille alors que, deux mois avant, on était dix de moins, tranquilles dans une petite salle de classe primaire, à tellement aimer notre maîtresse qu'il nous prenait régulièrement l'envie subite de l'appeler « maman ».

On se dévisage tous, un par un, on regarde les sacs à dos flambant neufs qui semblent se moquer des élèves qui ont gardé leur cartable de l'année dernière, on envie les stylos-plumes qui n'ont pas de personnages Mickey débiles dessinés dessus, on se demande si on est grand, déjà, ou petit, encore.

Moi, je ne fais pratiquement rien de tout ça. Après un rapide coup d'œil dans la classe, qui m'a permis de voir que je n'y connaissais personne, et que personne, *a priori*, ne semblait intéressant, je passe l'heure réglementaire à reluquer les arbres de la cour par la fenêtre. En les voyant de si haut, du cinquième étage, je trouve qu'ils ont l'air de taches de gazon sur le béton et je me prends à rêver que je pourrais peut-être sauter dessus et rebondir, comme dans le dessin animé avec le chat-bus.

Quelqu'un me tire par la manche. Ah oui, j'ai un voisin. Pascal, je crois. Enfin, j'en suis sûr puisque c'est ce qu'il y a d'inscrit sur le papier replié qu'il a devant lui, écriture tournée vers la prof. On a tous été obligés de faire ça, « pour que je puisse mémoriser vos noms plus vite», elle a dit. On ressemble à des candidats de «Questions pour un champion», surtout. Sauf qu'elle n'a pas de fiches jaunes collées à la main gauche, la prof. Ni les cheveux frisés.

Pascal, donc, me tire par la manche et me dit:

— Dis, tu le savais, toi, qu'il fallait acheter des feuilles à petits carreaux pour les maths?

Je le regarde comme s'il n'avait pas parlé. Je suis trop occupé à me demander à qui ou à quoi il ressemble.

Il reprend, complètement paniqué:

— Non, parce que, avec ma maman, on les a pas vues sur la liste, les feuilles à petits carreaux.

Il se tourne vers une fille aux cheveux roux et frisés, juste derrière nous:

— Eh (un rapide coup d'œil vers son écriteau), Aglaë, c'est vrai qu'il faut des feuilles à petits carreaux pour les maths?

Aglaë ne bouge pas d'un cheveu, ou plutôt d'une barrette, parce qu'elle en a plein le crâne. Elle reste les bras croisés, fait comme si Pascal n'avait pas parlé, elle regarde la prof qui est en train d'écrire au tableau les droits et les devoirs des délégués de classe.

— Eh ? Aglaë ? Tu m'écoutes ?

Ben non, Ducon, elle t'écoute pas, visiblement.

— Qui c'est que t'appelles Ducon ?

Pascal me mitraille du regard. Oups. On dirait que j'ai pensé tout haut. Tant pis, j'assume :

— Ben, tu vois pas que c'est une coincée, le genre future première de la classe et donc vraiment pas la fille à parler en cours ?

À ce moment-là, je sens une autre mitraillette : les yeux d'Aglaë. Des beaux yeux bleu foncé. Elle ne dit toujours rien, mais elle pince très fort la bouche et du venin pourrait en sortir, je le jurerais.

Pascal sourit. On dirait que ça l'a calmé, l'attitude d'Aglaë. Puis il me regarde en ricanant. Comme si elle l'avait vengé. Ça y est, je sais à qui ressemble Pascal : au vendeur de frites en bas de chez moi. Un gars tout mince avec une toute petite tête ronde au bout. Comme une allumette. C'est peut-être son fils, Pascal. Qui sait ?

Je replonge dans mes pensées de dessin animé japonais. Et remarque, avant de tourner la tête vers la fenêtre, un garçon avec des cheveux blonds qui me regarde. Et qui détourne la tête au même instant.

Pascal s'intéresse deux secondes à ce que dit la prof (elle en est au chapitre «vie scolaire») et se penche vers moi. Je sens la chaleur de sa grosse tête blanche sur ma joue.

— Dis. T'habites où, toi?

Là, c'est trop. J'explose :

— Putain, mais tu me lâches, oui?

Le soir, Kaï m'a expliqué que ce genre de mot, «putain», fallait vraiment pas l'utiliser à l'école. Enfin, au collège. En fait, nulle part. Sauf à la maison, entre nous. Quand on perd à la console ou qu'on a trop fait cuire les pâtes.

C'est ce que j'aurais dû dire à Zerbib, la conseillère d'éducation. Ça lui aurait peut-être ôté l'envie de me mettre deux heures de colle. En me tendant le mot pour mes parents (ça a failli me faire rire), elle m'a dit, entre ses dents marron :

– Mon petit bonhomme, tu commences bien l'année. Allez, sors de mon bureau, je ne veux plus jamais t'y voir. Zou !

Je me suis levé et, en replaçant la chaise précautionneusement contre son bureau, j'ai dit :

– Je m'appelle Zouz, pas Zou. Au revoir, madame Zerbib.

Que de « z » ! Manquerait plus que Zorro vienne me sauver et m'emmène au zoo en zozotant.

Tout en mangeant ses pâtes trop cuites, j'ai vu que Kaï avait l'air inquiet. Parce que je ne souris plus tellement en ce moment. Et que c'est la première fois de ma vie que je me ramasse une punition à l'école. Jusque-là, j'ai toujours été l'élève parfait. Kaï doit baliser : comme on peut dire que c'est lui qui m'éduque tout seul, il doit se demander comment on s'y prend avec un pré-ado qui devient ado plus vite qu'il ne l'aurait cru. Des débilités de ce genre, qu'on lit sur toutes les couvertures des magazines pour parents. Sauf qu'en plus lui est encore un ado, malgré ses presque vingt ans. Je sais pas si ce cas de figure est envisagé dans les magazines.

Je joue à essayer d'enfiler une coquillette sur chaque dent de ma fourchette. Je sais ce qui m'arrive. Kaï aussi, mais il est désarmé. Alors il change de sujet :

— Papa a appelé. Il passe dimanche soir prochain. Faut pas l'attendre pour manger.

J'en suis à ma dernière coquillette.

— Comme d'habitude, quoi.

Kaï ne prend même pas la peine de soupirer :

— Ouais.

Il rajuste ses lunettes carrées :

— On sort ce soir, avec Vincent. Je le rejoins chez des copains. On rentrera tard.

Je laisse glisser les coquillettes de ma fourchette.

— Je ferai la vaisselle en rentrant. Tu traînes pas trop, hein ?

— Non, non, je dis.

Traîner pour faire quoi ?

Kaï se fait beau, avec gel et parfum, et claque la porte sur l'appartement silencieux.

Seul, je ne fais jamais de bruit.

Le son du frigo qui, par intermittence, se met en marche, m'accompagne au lit.

CE2

En peu de temps, après la disparition de maman, on s'était bien organisés, avec Kaï. Lui était déjà un grand, à dix-sept ans, et papa disait n'avoir pas de doute qu'il pourrait bien s'occuper de moi. Même avec son bac à la fin de l'année. Je me suis demandé qui allait « s'occuper » de Kaï, mais papa n'avait pas l'air inquiet à ce sujet. Tout ce qui le préoccupe, c'est de gagner beaucoup d'argent et c'est d'ailleurs pour ça qu'il doit continuer à voyager, pour en gagner et nous en donner afin de nous faire vivre. Et aussi pour tenter de retrouver « votre mère ».

Mais on devinait, Kaï et moi, qu'il ne faisait rien pour la retrouver. Ça se voyait parce qu'il avait meilleure mine depuis qu'elle n'était plus là. Ça signifiait donc qu'au fond papa ne l'aimait sans doute plus, comme elle, à coup sûr, ne l'aimait plus non plus. Et puis, si elle avait vraiment «disparu», qu'il l'aime encore ou non, il aurait quand même appelé la police, je pense, et on aurait vu la tête de maman sur les affichettes moches au supermarché ou à la poste.

Alors je pense que tout le monde, finalement, était bien content qu'elle ait disparu. Oui, même Kaï et moi, parce qu'on n'avait plus à subir leurs humeurs et leurs colères et qu'on était presque des grands, maintenant, à devoir vivre pratiquement comme des adultes.

Et puis je savais qu'un jour elle reviendrait nous voir, Kaï et moi.

Qu'elle téléphonerait sur le portable de Kaï.

Qu'elle écrirait une lettre.

Un mail.

Quelque chose.

Dès le départ, on avait mis en place un système, qui n'a plus bougé depuis.

Papa laisse de l'argent à Kaï tous les dimanches ou un dimanche sur deux parce que ça lui arrive de ne pas rentrer pendant deux semaines. Et c'est Kaï qui fait le banquier. Il note dans un cahie. l'argent qu'on a, l'argent qu'on dépense et ce pour quoi on l'a dépensé. Ça s'appelle «faire les comptes». Au début, papa regardait le cahier, puis, très vite, il n'y a plus jeté qu'un vague coup d'œil et, aujourd'hui, il ne semble même pas se souvenir qu'il existe, ce cahier. Le samedi après-midi, on va faire les courses avec Kaï et bon, il faut bien avouer que c'est lui qui s'occupe de faire les menus, souvent. Ce qui tombe bien parce qu'il sait faire la cuisine, et qu'il aime ça. On fait le ménage, bien sûr, et là, je peux aider assez facilement même si je n'aime pas trop. On s'occupe chacun de sa chambre et, pour le reste, c'est un peu à tour de rôle : quand l'un de nous deux se rend compte que la maison est un peu trop dégueulasse, c'est le branle-bas de combat et on sort l'aspirateur, la serpillière et les gants et Kaï met de la musique forte et finalement c'est pas si terrible. Et depuis que Vincent habite ici, on est trois pour faire tout ça. Ça va plus vite.

Bref, on s'en sort bien.

Je suis passé en CM1, puis en CM2 et maintenant en sixième, sans problème.

Kaï a eu son bac et est entré dans son école d'art les doigts dans le nez.

Et on était heureux, lui et moi, lui avec Vincent, moi avec Josie.

Josie.

Aujourd'hui, si je devais me définir par une couleur, je dirais «jaune». Eh oui, pas «noir» ou «gris», comme on pourrait s'y attendre. Car, pour moi, la couleur la plus moche du monde, c'est le jaune. Quand je vois un truc jaune, ça me donne envie de pleurer ou de vomir, selon les moments. Me demandez pas pourquoi.

Lorsque j'ai rencontré Josie, j'aurais dit un dégradé de gris. Je trouve ça classe. Classe, donc gai.

Après l'épisode de la cantine, j'arrêtais pas de

la chercher. Partout. J'avais les yeux comme des radars de sous-marins. Enfin, comme j'imagine les radars de sous-marins : bougeant dans tous les sens, transperçant les obstacles, se moquant de l'eau ou de la nuit. Moi, à la sortie de l'école, pendant les récrés, dans les couloirs, je cherchais le petit pois rose pâle.

Rien.

Pendant deux jours, je l'avais pas revue.

Comme si elle n'avait pas existé.

J'avais d'ailleurs commencé à prendre peur : et si elle n'avait jamais existé, Josie, justement ? Et si je l'avais rêvée ? Ça arrive, dans les films, ce genre d'histoire. Bon, je sais que la vie c'est pas comme au cinéma, et inversement, mais j'étais tellement paniqué que je m'imaginais n'importe quoi. Alors, à défaut de la revoir un jour, j'avais pris la décision de ne jamais oublier son visage. Pour ça, il ne fallait pas que j'en voie trop d'autres, pour ne pas risquer de tout mélanger et que le souvenir de Josie disparaisse.

Pour moi, le week-end s'était résumé à regarder par la fenêtre de ma chambre. Le parc avec des enfants, les voitures noires et les voitures grises, les gens sans puis avec parapluie, le soleil puis la lune, un chien perdu, une vieille à deux cannes.

Papa était passé déposer de l'argent pour les courses de la semaine, je l'avais même pas vu. Kaï et Vincent avaient fait une soirée à la maison, le samedi soir. J'étais pas allé dire bonjour à leurs copains.

Rien.

Collé à ma fenêtre.

Amoureux.

Pas amoureux fou. Amoureux collé. Je bougeais plus.

CE2

Je sais plus où j'ai vu cette scène, au cinéma ou
à la télé, ou si je l'ai lue, mais j'en ai une image
très précise : un garçon et une fille, enfin, des
grands, genre des grands ados, presque tout nus,
sous une chute d'eau, dans une jungle. Lui ressemble au personnage niais des pots de compote
et elle ne ressemble à rien de connu. Et ils s'em-
brassent.

On dit, je crois, dans ces cas-là, que c'est
« romantique ». Je ne sais pas ce que ça veut dire
exactement, « romantique », mais ça doit être à
peu près ça : quelque chose de frais et d'agréable.

Bref.

Je m'étais toujours dit que, le jour où je

devrais embrasser quelqu'un pour la première fois, ce serait bien que ce soit sous une chute d'eau.

Mais bon, je voyais pas trop comment ce serait possible. À moins d'habiter en Amazonie. Ou dans les Alpes, peut-être.

Et puis, finalement, c'était arrivé. À peu près. Voici comment.

C'était le lundi, le lendemain du week-end collé à la fenêtre. Après l'école, j'étais passé à la boulangerie de la rue Michelet pour m'acheter un pain au chocolat. En sortant, alors que je descendais la dernière marche de la boulangerie, j'avais vu Josie passer devant moi, l'air de rien.

Enfin, pas «l'air de rien», l'air de rien du tout, en fait. L'air d'une fille qui rentre chez elle après l'école et qui ne pense à rien ou en tout cas pas au garçon bloqué dans une attitude de coureur olympique sur les marches d'une boulangerie, un pied en avant et l'autre en arrière. Ajoutons à ça le pain au chocolat dans la main droite, les yeux écarquillés et la tête qui pivotait lentement de gauche à droite pour regarder marcher Josie.

Une voiture passait dans la rue. À cause du dos-d'âne placé juste en face de la boulangerie, elle avait ralenti et, comme la vitre du conducteur était baissée, j'avais vu une dame que je ne connaissais pas qui souriait en tapotant son volant au rythme de la musique de son autoradio. Elle avait un serre-tête en velours bleu foncé dans les cheveux.

Je m'étais mis en marche et j'avais suivi Josie qui tournait dans la rue Gallieni, vers le square Farman.

Et là, je ne sais pas trop ce qui s'était passé, c'était comme si de mes baskets sortaient des roulettes à air comprimé et hélices à réaction supersoniques : en un clin d'œil de mouche, je m'étais surpris à attraper Josie par le coude qu'elle a potelé et donc agréable. Josie s'était retournée vers moi. Elle m'avait dit :

– Zouz ?

Et j'avais répondu :

– Josie.

Comme dans les films et les séries des Américains : dès qu'ils se voient, ils s'appellent par leurs prénoms, même si c'est la douzième fois de la journée qu'ils se rencontrent. Mais nous, c'était normal, on s'était pas vus depuis quatre jours.

Donc.

Croyez-le ou non, faites ce que vous voulez, mais ma main gauche avait pris sa main droite et ma main droite avait pris sa gauche et, sans rien se dire, sans prévenir, sans rien préméditer, on s'était embrassés.

On s'était embrassés.

Pas deux fois, hein. Si je le répète, c'est parce que c'est quand même incroyable, non ?

On s'était embrassés en fermant les yeux. Les deux nez légèrement écrasés l'un sur l'autre. De sorte que je pouvais sentir son odeur de meringue à l'anis.

Et le plus incroyable, c'est pas encore ça. C'est qu'au moment où j'échangeais mon premier baiser, mon premier baiser de toute ma vie, à ce moment précis, on avait été inondés par une chute d'eau. Ou plutôt deux.

Une qui venait de la flaque du caniveau projetée par une voiture rouge qui tournait dans la rue. L'autre tombant d'un balcon bourré de géraniums qu'une mamie arrosait, en peignoir rose (la mamie, en peignoir rose, pas les géraniums).

Alors on s'était regardés, Josie et moi, et on avait rigolé, on avait éclaté de rire. Et il ne manquait plus qu'un joueur de violon italien vienne jouer près de nous, comme dans les pizzerias.

À l'intérieur de moi, ça faisait du chaud qui montait, du froid qui descendait, des tremblements qui s'entrechoquaient dans mes bras et mes jambes, j'avais la bouche en forme de sourire tordu et le cerveau tout fondu. Et Josie pareil, je crois.

On était amoureux. Amoureux pour la vie.

CE2

Ça m'avait donné l'impression de grandir de dix ans d'un coup, d'être amoureux. D'être presque aussi vieux que Kaï.

C'était peut-être aussi pour ça que je ne pensais plus à maman. Ou plutôt, quand j'y pensais, je me disais que Kaï avait raison, que si elle était partie c'est parce qu'elle n'aimait plus papa, alors elle avait bien fait, sans doute. Ça doit être trop triste d'être obligé de rester avec quelqu'un que l'on n'aime pas.

Maintenant que j'étais amoureux, je m'en rendais bien compte.

Maman, c'est comme si elle m'aidait à grandir encore plus vite, en disparaissant.

Après s'être embrassés, avec Josie, on s'était dit au revoir et on était rentrés chacun chez soi. Je sais pas pour elle mais moi, j'étais tellement bouleversé que j'avais besoin de me retrouver tout seul.

Quand même, c'est pas rien d'embrasser quelqu'un. Ça donne vraiment l'impression de créer un lien ultra-fort avec cette personne. Un lien qui existera même quand on ne se verra pas. Et c'était pour mieux sentir ce lien, je crois, qu'on avait eu besoin tous les deux de se retrouver seuls. Pour mieux se rendre compte, en se retrouvant, qu'on était bien l'un avec l'autre.

Kaï était encore au lycée quand j'étais rentré, avec mes baskets qui faisaient «splotch-splotch». «Splotch-splotch», c'est ce que sont censées faire les chaussures mouillées dans les BD. J'avais dû passer au moins cinq minutes en bas de l'immeuble à faire du surplace et écouter mes chaussures pour voir si j'étais d'accord. Eh oui. Pas trop mal, «splotch». Parce que moi j'avais trouvé «pflwoufrt-pflwoufrt», mais c'est bien plus compliqué à écrire. Et à dire.

Je m'étais complètement déshabillé et j'avais étendu mes habits au-dessus de la baignoire, sur le séchoir qu'avait installé maman, un jour, pour remplacer celui qu'on mettait sur le balcon. Parce qu'elle avait trouvé tout à coup pas terrible que nos vêtements sèchent dans l'air plein de gaz d'échappement de la rue. Papa s'était énervé en lui demandant comment on appelait cette autre sorte de pollution qui consistait à se faire emmerder par des fils en plastique dans la figure (papa avait même dit «gueule») quand on prend une douche (on n'a qu'une baignoire, à la maison. Et comme les adultes prennent des douches, ils sont obligés de se tenir debout dans la baignoire). Maman avait haussé les épaules en faisant un «pff» de la bouche. Ce que fait Kaï, aussi, des fois, quand il n'est pas d'accord avec un truc qu'on lui dit.

Dans l'entrée, il y a un grand miroir et on peut se voir en entier dedans. Je sais pas pourquoi, j'étais allé me voir dedans, avant de me rhabiller. Et je m'étais regardé. Pendant assez longtemps. J'avais essayé de deviner ce qui, à part mon zizi, allait changer chez moi quand je grandirais. Est-ce que mes oreilles allaient continuer à pousser et à s'écarter de ma tête ? Est-ce que je serais musclé comme Kaï, qui l'est sans faire de sport ? Mes cheveux allaient-ils rester sombres ou éclaircir pour se rapprocher de la couleur de ceux de papa ?

Puis j'avais entendu la clé de Kaï, sa voix et celle de Vincent derrière la porte, alors j'avais foncé dans ma chambre enfiler un jeans et un T-shirt.

La porte de ma chambre fermée, j'avais entendu la musique se mettre en marche. Comme toujours lorsque Kaï rentre à la maison. Il ne peut pas vivre sans musique. Je ne sais plus quel disque il avait mis.

Par-dessus le boucan, je l'avais entendu gueuler mon nom. Genre : « Zouz, t'es là ? »

Ce n'est pas que je ne voulais pas le voir mais, je ne sais pas pourquoi, alors qu'on avait l'habitude de tout se dire avec Kaï, cette fois, j'avais la sensation que je voulais garder ce qui venait d'arriver pour moi. Comme si j'en avais honte, un peu. Ou comme si le fait d'en parler allait tout annuler.

À sa deuxième gueulante, j'étais sorti de ma chambre. Et je l'avais trouvé dans la cuisine en train de couper des tomates tout en dansant. Ça donnait l'impression qu'il avait les mains collées sur la table et qu'il ne pouvait bouger que les pieds et les fesses, comme un ver de terre débile. Je m'étais marré. Vincent mettait de l'eau dans une casserole. Il avait tourné la tête vers moi :

— Salut, Zouz.

Puis il avait sorti son légendaire sourire. Un sourire qui va d'une oreille à l'autre. Il a toujours fait ça, Vincent. Dès qu'il voit quelqu'un, il se fend le visage en deux et on a l'impression d'être la personne la plus importante pour lui. C'est comme ça, m'avait dit Kaï, qu'il était tombé raide dingue amoureux de Vincent. Je peux comprendre.

Mais là, j'avais l'impression qu'il lisait dans ma tête, avec son sourire, qu'il revoyait la scène de mon baiser avec Josie. Alors j'avais rougi.

Heureusement, Kaï entamait sa revue quotidienne, sans lever la tête de ses tomates :

– T'as bien bossé ? T'as quoi à faire pour demain ? Ce soir, tu te laves les cheveux. Va faire tes devoirs, tu me montreras après le dîner. Y a *Les Bronzés font du ski*, ce soir, je te l'enregistrerai.

Au dîner, je disais trop rien. Et Kaï faisait le con, comme d'habitude. Surtout que c'était la première fois que Vincent dormait là, alors mon frère faisait le malin, comme un enfant de quatre ans surexcité et trop content. Genre il prenait des morceaux de brocoli et se les mettait dans les narines et hurlait en disant qu'il avait le corps plein de champignons pourris. Ou il imitait des gens de leur classe que je connaissais pas. C'était marrant mais je n'avais pas beaucoup envie de rire. Le visage de Josie m'empêchait de bien voir. Par contre, je voyais très bien Vincent m'observer, avec un demi-sourire. Je le connaissais pas, ce sourire-là.

Plus il me fixait, plus je rougissais. Et, au bout

d'un moment, Kaï avait bien remarqué que quelque chose n'allait pas.

Ça l'avait pris d'un coup. Comme une poule qui pond un œuf. Brusquement, limite inquiet, il m'avait vu, vraiment vu, et sa tête s'était allongée :

— Qu'est-ce qui se passe, ça va pas ?

On peut dire qu'il prenait son rôle de chaperon très au sérieux. Il ressemblait à maman, comme ça.

— Si, si, ça va.

Et je m'étais enfourné une fourchette de brocoli.

— Ben non, avait-dit Kaï en basculant le regard de son petit frère à son copain, je vois bien qu'il y a quelque chose. Il s'est passé un truc à l'école ?

Vincent avait posé sa fourchette sur le bord de son assiette :

— Laisse-le, Kaï. Laisse-le tranquille.

Mais le légendaire sourire n'avait pas eu raison de l'acharnement de mon frère. Il s'était penché vers moi, à deux centimètres de ma tête :

– Si y a un petit con qui te fait des misères à l'école, tu me le dis, hein ?

Et moi :

– Mais non, ça va. C'est juste que j'ai une autodictée demain. J'arrête pas de me la réciter dans la tête.

Bien joué, le coup des devoirs. Kaï s'était redressé et avait rigolé :

– Aaaah bon. Parce que, sinon, je serais venu avec mon arme secrète pour détruire l'ennemi.

Alors il avait attrapé la bouteille de ketchup et avait sauté partout dans le salon, rebondissant sur le canapé, s'agrippant au lustre et volant vers la cuisine par-dessus les armoires, dans un grand bruit de casseroles et de verres cassés.

Vincent s'était levé et avait débarrassé les assiettes.

Juste avant de rejoindre Kaï dans la cuisine, il m'avait demandé :

– Comment il ou elle s'appelle ?

– Josie.

– Je suis super content pour toi.

Voilà, aussi simple que ça.

6^e

Et c'est vrai que c'était simple.

C'est simple, d'être amoureux.

Il suffit de se laisser porter.

C'est ce que je me dis, aujourd'hui, à la sortie de mon cours de géographie.

J'ai terminé à 16 heures et comme il fait beau, je ne sais pas, je me prends à avoir l'envie de m'asseoir sur un banc, avenue du Général-Leclerc, en face du supermarché.

Je regarde les gens passer.

Une vieille dame avance très lentement, toute courbée, elle a les chevilles très très gonflées, comme des pattes d'éléphant. Elle est bien habil-

lée et son joli sac à main traîne par terre tellement elle est bossue. Le temps qu'elle fasse dix
mètres, au moins trois grappes de femmes et
d'hommes en cravate et en tailleur la dépassent,
dans un tourbillon de paroles et de gestes,
comme dans un film en accéléré.

Une petite fille, genre sept-huit ans, est toute
seule. Ça me fait bizarre de voir une enfant aussi
petite dans la rue, sans adulte avec elle. Elle n'a
pas l'air perdu, n'a pas l'air non plus de revenir
de l'école car elle n'a pas de cartable sur le dos.
Elle a même un léger sourire et marche les mains
dans les poches. Je ne comprends vraiment pas ce
qu'elle fait là. C'est pas habituel. Un enfant est
tout le temps accompagné d'un adulte, je m'en
rends compte à l'instant. Qu'est-ce que je dois
faire ? Lui demander si ça va, où sont ses parents,
et si elle veut venir chez moi ? Appeler la police ?
Mais je ne suis moi-même encore qu'un enfant
alors je ne fais rien.

Du temps passe.

Je suis assis sur le banc et je ne regarde plus
vraiment l'avenue, je suis perdu dans mon esprit.

J'y croise Josie, Faysal, la prof principale et Kaï. Maman est cachée quelque part, derrière mon cervelet, et papa s'est trompé de lieu de rendez-vous : il est dans mon pied.

Il se met à pleuvoir. Il fait assez chaud et il pleut. J'aime bien quand ça fait ça. Les bus et les voitures passent devant moi avec un bruit de route mouillée.

Je ne pleure pas. Je ne veux pas en rajouter à l'humidité ambiante.

Alors je prends sur moi et je décide de rentrer à la maison. Et je réalise, en me levant, que je viens juste de comprendre cette expression : « prendre sur soi ». J'ai effectivement l'impression que toutes mes pensées sombres et mes idées lourdes me retombent dessus, que je les charge sur mes épaules avant de revenir à la vie réelle.

Ce qui explique peut-être ce petit soupir que je pousse au moment de faire le premier pas.

CE2

Le lendemain de l'épisode de la chute d'eau, on s'était revus, avec Josie, dans la cour. Et on ne s'était adressé qu'un signe de la main, de loin. En douce. Faysal n'avait rien vu. Et les copines de Josie non plus, je crois. J'avais bien aimé. C'est bien quand c'est secret.

Et pour continuer dans le mouillé, l'acte trois de ma rencontre avec Josie s'était déroulé à la piscine. Ou plutôt à l'Aquagliss. C'est le nouveau nom qu'ils ont donné à la piscine quand ils l'ont refaite. (Je dis «ils» mais je ne sais pas de qui je parle. Le maire qui a décidé et les pelleteuses qui ont creusé, sans doute.)

Le directeur de l'école, un grand monsieur qui fait peur et qui ressemble à une épée de chevalier, nous avait tous réunis dans la cour et nous avait parlé. Nous, on devait rester immobiles, debout, et l'écouter. Heureusement pour lui, et pour nous, il avait un micro. J'avais pas tout compris mais je me souviens des mots «cohésion», «fraternité», «esprit d'équipe». Ce genre de trucs. Finalement, ce qu'on avait retenu, c'était que, la semaine d'après, on irait tous à l'Aquagliss flambant neuf pour participer à des jeux aquatiques avec d'autres classes d'autres écoles. Bref, rien de bien excitant.

Mais, tout de suite, je m'étais retourné vers Josie, sur qui le soleil tapait en plein sur une barrette dorée qui retenait sa frange. L'eau, c'est ça qui nous reliait, alors j'avais eu envie de la regarder. Elle faisait pareil, en souriant.

J'étais encore jamais allé à l'Aquagliss, forcément, puisqu'il n'avait ouvert que deux jours avant. Tout était rose et vert, avec des plantes tropicales, un toboggan tournoyant, plusieurs bassins, dont un tout rond avec des bulles, et, vous allez pas le croire, une espèce de chute d'eau.

Quand j'avais vu ça, en sortant le premier de la douche, les pieds dans le pédiluve chaud, j'étais resté comme un rond de flan. Estomaqué. J'étais là, avec mon bonnet de bain noir, qui devait me faire une tête de… de je sais pas trop quoi, en fait, mais je devais pas être très joli. Les deux mains serrées sur mon slip de bain (parce que nous, les garçons, quand on a froid, on fait toujours ce geste-là, même si ça ne réchauffe rien du tout). Et donc, je fixais cette chute d'eau. Ça venait d'une sorte de grand poteau planté dans un des bassins et l'eau sortait en faisant comme un parapluie.

Je ne sais pas combien de temps j'étais resté à rêver devant. Pas très longtemps sans doute : tous les autres garçons avaient déboulé de la douche en me bousculant, puis les filles étaient arrivées par l'autre côté. Et toute la piscine, en deux secondes, s'était retrouvée pleine d'enfants sautillants aux bonnets de bain luisants.

L'organisation de cette compétition entre écoles, c'était quelque chose. Il y avait plein d'animateurs des MJC de la ville qui étaient encore plus excités que nous. Ils se prenaient vachement au sérieux, tendaient les bras violemment pour nous indiquer où nous placer, hurlaient les consignes et les règles du jeu et applaudissaient comme des fous à la fin des épreuves.

Chaque école avait une couleur à elle. Nous, c'était noir, donc. D'où le bonnet de bain noir. En tout, il y avait cinq écoles, si je me souviens bien. Tous les niveaux étaient regroupés. Les CP avec les CP, les CE1 avec les CE1, etc. Ça faisait des grappes colorées d'enfants tremblant de froid et d'excitation.

Je ne me souviens plus bien des épreuves pour nous, les CE2. Du water-polo, je crois. Et des combats de frites en mousse. On s'affrontait deux par deux et on se faisait éliminer au fur et à mesure, donc, au bout d'un moment, on se retrouvait à ne faire que regarder les meilleurs jouer entre eux. J'avais prétexté une envie de faire pipi pour m'échapper de cet enfer. Le sport, finalement, c'est mieux à la télé : on est sûr de ne pas participer, comme ça.

En revenant des toilettes, j'avais vu une petite tache noir et vert dans la chute d'eau-parapluie

Josie, bien sûr.

Elle était là, assise tranquillement, avec un grand sourire heureux, tandis que l'eau coulait sur elle. Son bonnet noir et son maillot vert luisaient à cause de l'eau.

J'avais regardé à droite, à gauche, si personne ne me voyait, mais les animateurs étaient trop occupés à essayer de calmer les élèves qui hurlaient : « Vas-y ! vas-y ! » à celui ou à celle qui gagnait et : « Dégage ! dégage ! » à celui ou à celle qui peinait sous les coups de frite.

Et c'est dans cette ambiance terrible de guerre aquatique, dans les cris et les hurlements qui résonnaient, que nous nous étions embrassés pour la deuxième fois. Un baiser chloré et chaud. On était restés très longtemps comme ça, sans bouger, nos deux bouches collées, comme si on avait voulu échanger nos vies. Ça m'avait fait penser à ce film avec des marionnettes où, rien qu'en se touchant la main, les deux héros se racontent leur passé.

À un moment, j'avais levé la main et l'avais posée sur le bas du dos de Josie. Ça s'appelle « enlacer », je crois.

Et l'année de CE2 s'était déroulée comme ça, doucement.

Comme les moments dans les films où ils mettent de la musique et où on voit en accéléré tout ce qui arrive dans une année.

Papa qui passe en coup de vent tous les dimanches et parfois reste un week-end complet.

Kaï qui se laisse pousser les cheveux.

Un Monopoly avec Kaï, Vincent, Myriam (une copine à eux) et moi. J'avais perdu.

Pas de nouvelles de maman.

Kaï qui fait de mieux en mieux la cuisine.

Vincent qui dort de plus en plus à la maison, sauf les week-ends où papa est là.

Des fous rires avec Faysal.

Et Josie. Josie à la cantine, Josie sur un banc, Josie croisée par hasard dans la rue, Josie embrassée, Josie les joues rouges avec un bonnet rose.

On avait passé l'année comme ça, à ne pas beaucoup se parler, à s'embrasser pas mal, un peu en cachette, sans le dire à personne. Faysal, je crois, le savait mais ne me disait rien.

On était amoureux, on n'en parlait pas, et ça nous suffisait.

CE2

À la fin de l'année, Kaï avait eu son bac et moi mon passage en CM1. Pas de quoi fouetter un chat.

Pendant le mois de juillet, on était restés à la maison, avec Kaï. Il avait décidé de bosser avant de rentrer dans son école d'art. Alors il lisait beaucoup, il peignait, il dessinait, il regardait des films. Vincent passait souvent, aussi.

Et même parfois le week-end, quand papa était là, puisque les présentations officielles avaient été faites.

Josie était partie pour les deux mois des vacances. On s'était dit au revoir à la fin du mois de juin. Je me souviens, il faisait très chaud et il pleuvait. Je l'avais raccompagnée chez elle après l'école et on s'était abrités de la pluie dans le local à vélos.

— À bientôt, mon Zouz, avait dit Josie. (J'aimais bien qu'elle m'appelle comme ça.)

— À bientôt, Josie, j'avais dit.

On s'était pris les deux mains.

— Tu m'oublieras pas, hein ? j'avais dit.

— Pourquoi ? Comment faut faire pour t'oublier ? elle avait dit en riant.

Puis elle m'avait donné son chouchou violet en souvenir. Et elle s'était envolée pour deux mois de vacances avec ses parents.

J'avais passé beaucoup de temps avec Vincent, pendant ce mois de juillet. Comme Kaï travaillait pour préparer la rentrée dans son école d'art, on se retrouvait tous les deux à ne pas trop savoir quoi faire.

Alors il m'emmenait souvent au cinéma, de temps en temps au concert, et surtout on se baladait en ville. L'été, il y a toujours moins de monde et on aimait bien être au milieu des touristes, faire comme si on ne connaissait pas notre ville. On achetait des glaces, des cartes postales, on montait même dans le bus touristique qui fait le tour des monuments historiques.

Une fois, on avait parlé de Josie. Vincent était le seul à savoir que j'étais amoureux. Alors, fin juillet, tandis qu'on était assis sur un banc à regarder des pigeons manger des bouts de pain lancés par des vieux à casquette, j'avais dit :

— Je suis toujours amoureux de Josie.

Vincent avait tourné la tête vers moi, souriant :

— C'est bien.

Un pigeon avait roucoulé tout près.

— Et tu l'aimes toujours autant qu'au mois de novembre ?

J'avais simplement hoché la tête. Puis, quand même :

— C'est bizarre, je n'arrive pas trop à en parler aux autres. J'ai envie que ça reste entre elle et moi.

Là, je m'en souviens très bien, Vincent avait eu les yeux un peu tristes.

— Moi, des fois, ça me ferait du bien de pouvoir parler de Kaï à qui je veux. Par exemple à mes parents.

Je l'avais regardé, les sourcils froncés. C'est vrai que je ne m'étais jamais demandé pourquoi Vincent passait autant de temps chez nous et pourquoi Kaï n'allait jamais chez Vincent.

— Tes parents connaissent pas Kaï?

Vincent avait regardé au loin :

— Non. Ils ne savent rien.

Et il avait ajouté :

— Et il n'y a pas que mes parents. Au lycée aussi, faut se cacher. Parce qu'on sait jamais.

Un petit soupir, puis :

— Comment ils vont réagir.

Son regard s'était reposé sur moi, et son légendaire sourire était apparu :

— Mais bon, je comprends très bien ce que tu veux dire. Une histoire d'amour, ça ne regarde que ceux qui la vivent. Alors garde-la bien au chaud pour toi si c'est ce que tu veux.

Ça m'avait travaillé, cette discussion. Ça me faisait de la peine pour Kaï et Vincent. Moi, je ne les voyais qu'heureux. Mais c'était à la maison, loin de tout et surtout de tous. Je n'avais jamais réalisé ce qu'ils pouvaient vivre à l'extérieur.

Alors, du coup, j'avais eu envie de parler de Josie à Faysal. Dès le lendemain, je l'avais appelé et j'étais allé chez lui. Et, en plein milieu d'une partie de console, je lui avais dit, comme ça :

— Je suis amoureux de Josie, depuis la première fois que je l'ai vue à la cantine. Et maintenant, on est amoureux et amoureuse. Et on s'embrasse, même. Sur la bouche.

Ça l'avait scotché, Faysal. Il était resté bouche ouverte, la manette entre les mains qui vibrait toute seule parce que son personnage s'était pris un mur.

— Ah ?

Une mouche volait entre ses yeux.

— C'est bien, alors.

Et il s'était remis à jouer.

C'était pas compliqué, finalement.

J'avais encore plus hâte de retrouver Josie à la rentrée.

Le mois d'août, passé à s'ennuyer comme des truites anémiques à la campagne chez papi et mamie avec Kaï, n'en avait été que plus mortel.

6^e

Je traîne ma tristesse comme une vieille semelle qui n'arrive pas à se décoller du sol.

Je n'ai toujours pas d'amis dans cette classe de sixième que je traverse comme si ce n'était pas moi qui étais là.

Kaï est plein d'attentions, un vrai père poulet, il me cuisine des lasagnes (mon plat préféré) deux fois par semaine, se déchaîne en blagues de toute sorte, essaie de moins sortir le soir pour rester avec moi. Il s'inquiète de mon boulot en classe, aussi. Alors que, de ce côté, ça va : je fais mes devoirs. De manière automatique, sans réfléchir, comme on dit de quelqu'un qui a des obligations qu'il remplit son devoir. Et je ne suis toujours pas retourné dans le bureau de Zerbib. Je joue au bon élève fantôme.

Du côté de Kaï, tout va super bien. Trop, presque. À m'en rendre jaloux. Avec Vincent, c'est le grand amour. Et, je dois dire, heureusement que je l'adore, Vincent, sinon ma jalousie me pousserait à les détester tous les deux. Dans son école d'art, Kaï s'éclate. Tout le monde l'aime, il aime tout le monde, c'est le meilleur de sa classe, il va faire un stage cet été dans une agence de publicité et il est «super content» parce que, paraît-il, elle est «super géniale». Bref. Tout le contraire de ma vie.

Papa est toujours un fantôme en pointillé.

Mes vrais parents, finalement, c'est Kaï et Vincent. Surtout depuis que ce dernier s'est fait jeter par les siens, de parents. Kaï et lui se sont même installés dans la chambre de papa (j'allais dire «et maman», mais bon, ça fait quelques années que ce n'est plus que la chambre de papa.) Papa la leur a laissée, cette chambre, plus grande, et lui s'est installé dans celle de Kaï.

Je n'ose pas imaginer comment ç'aurait été si

j'avais été fils unique ou si Kaï avait décidé de partir de la maison pour s'installer ailleurs. Je me serais retrouvé en pension, à tous les coups. Et ç'aurait été l'enfer, l'horreur.

Je ne lui ai jamais dit, à Kaï, que je l'aime énormément, rien que pour ça.

Je fais les choses sans m'apercevoir que je les fais.

Je ne marche pas, je glisse.

Pascal essaie toujours d'être mon meilleur ami. Il me colle, s'assoit tout le temps à côté de moi.

Aglaë est définitivement la meilleure de la classe, elle a eu les félicitations au premier trimestre. Heureusement pour elle, sinon elle se serait jetée par la fenêtre si elle avait eu moins de 19 sur 20 de moyenne générale.

Et puis il y a le garçon blond qui me regarde silencieusement, parfois. Et cette discrétion me le rend hautement sympathique. Il s'appelle Roman et, un jour, si je dois adresser la parole à quelqu'un dans la classe, ce sera à lui.

CM1

Nos retrouvailles avec Josie, après les grandes vacances de CE2, ça avait été tout simple. Sans tambour ni trompette.

En rentrant de chez papi et mamie, j'avais trouvé deux cartes postales qu'elle m'avait envoyées de Grèce, là où elle était partie avec ses parents. Elle me disait qu'elle s'y amusait bien, qu'il faisait beau, qu'elle bronzait et qu'elle m'embrassait.

C'est Kaï qui me les avait données, les cartes postales, avec un sourire entendu. Il avait eu un arrêt de deux secondes en me les donnant. Et moi, j'étais en train de les attraper, donc on s'était retrouvés nos deux mains reliées par les cartes de

Josie, le regard de Kaï planté dans le mien. J'avais hésité à lui dire : « C'est Josie. Mon amoureuse. » Mais j'avais vu qu'il savait, que sans doute Vincent le lui avait dit, finalement, ou qu'il avait deviné, et je n'avais rien dit. J'avais eu la sensation d'avoir comme lui un sourire entendu. J'aime bien cette expression, « sourire entendu ». Parce que, quand on fait ça, on le fait en silence, on ne parle pas. Et pourtant, c'est un sourire tellement plein de choses qu'on dirait qu'il est aussi efficace qu'une phrase prononcée et donc qu'on l'entend, ce sourire. Alors Kaï avait lâché les cartes dans ma main et était parti défaire son sac.

Le lendemain, on était allés faire les courses de la rentrée. Pour remplir le frigo et le cartable. J'adore acheter des nouvelles fournitures. Je ne connais personne qui n'aime pas ça, d'ailleurs. Le mieux, c'est l'odeur des trousses neuves. J'ouvre la fermeture Éclair, j'enlève la mousse et je fourre mon nez à l'intérieur. Si j'aime l'odeur, je la choisis.

Ensuite on était allés dans un magasin spécialisé pour les arts, où Kaï s'était acheté plein de matériel : des papiers, de l'encre, un carton à dessin. Enfin, ce genre de choses.

Et le soir, on avait préparé chacun son sac pour le lundi.

Vincent était passé voir Kaï. Il n'avait pas l'air trop en forme. Parce que lui, après le bac, il ne faisait pas d'études. Il fallait qu'il trouve du boulot et, pour l'instant, il n'avait rien en vue. Puis il avait fini par dormir à la maison parce que, bon, ça faisait un mois qu'ils ne s'étaient pas vus, avec Kaï.

Moi, je savais que j'allais retrouver Josie le surlendemain, bronzée et jolie. Et j'étais pressé, bien sûr, mais calme en même temps, car c'était la promesse d'une année de CM1 bienheureuse.

La nouveauté, surtout, c'est que je me rendais tout seul à l'école. Kaï ne pouvait plus m'accompagner, puisqu'il n'allait plus au lycée. Ça m'avait fait drôle, et, en même temps, plaisir, je crois.

Devant la grille, il y avait Faysal, en grande discussion avec Klaus, Marius et Josh. Ils m'avaient aperçu et c'était comme si on s'était pas vus depuis douze ans ou comme si j'avais changé de tête. Ils avaient poussé des cris et j'avais quand même réussi à entendre : « On est dans la même classe ! On est dans la même classe ! »

Et Josie était arrivée. Je ne l'avais pas remarquée tout de suite. Mais les gars, tout à coup, s'étaient arrêtés de hurler et leurs regards s'étaient fixés sur un même point derrière moi. Je m'étais retourné. Et c'était Josie. La même, en un peu différente, peut-être. Toujours un peu grosse, toujours souriante. Mais elle était habillée je sais pas trop comment dire. Peut-être plus « grande », je pense.

Les gars s'étaient éloignés avec des airs entendus (c'est comme les sourires entendus et là, ça voulait dire : « On te laisse avec tes retrouvailles, on sait ce que c'est, on se fera une récré entre mecs plus tard ») et les filles qui accompagnaient Josie avaient fait pareil.

On s'était donc retrouvés face à face.

— Josie, j'avais dit.

— Mon Zouz, elle avait dit.

Puis on s'était pris par la main et on était rentrés dans la cour en se racontant nos vacances.

On était restés toute la récréation sur un banc, côte à côte. Josie avait profité des vacances pour dire à ses parents qu'elle avait un amoureux alors maintenant elle allait pouvoir m'inviter chez elle les mercredis ou le week-end.

Et on allait sans doute en profiter puisque, cette année encore, on n'était pas dans la même classe.

CM1

Toute cette année de CM1, ç'avait été comme dans un film d'amour.

Finalement, c'est pas grand-chose, être amoureux. Enfin, je veux dire, c'est quelque chose, oui, c'est très fort, mais en fait, il n'y a pas grand-chose à faire. Il faut juste être ensemble. En tout cas, ça nous suffisait, à tous les deux.

Kaï travaillait de plus en plus le week-end. Bien plus que quand il était au lycée. Alors c'est pas avec lui que j'allais passer mon temps. Vincent, lui, avait trouvé un boulot dans un bar. Il y travaillait tous les week-ends et voyait beaucoup moins Kaï, du coup. Je crois même qu'ils s'étaient engueulés à ce sujet.

Josie était souvent à la maison. Elle était toute timide avec Kaï et lui aussi, je trouve, au début. Il n'osait pas lui faire la bise, c'était drôle.

Avec Josie, on regardait la télé, on parlait, on se faisait des goûters et puis on restait devant une fenêtre à regarder les voitures et les gens passer. Sans rien dire.

Et aussi, au bout de quelques mois, on s'était mis à dessiner ensemble. C'est Kaï qui avait eu l'idée. Il nous avait donné une grande feuille qu'on avait installée par terre, il nous avait suggéré un thème, genre «la mer déchaînée», et on avait dû dessiner ensemble. Ça nous avait tout de suite plu. Parce que c'étaient des moments où on se sentait vraiment bien. Sans se poser de questions ni de problèmes, on arrivait à ne faire qu'un.

Alors, dès que Josie venait à la maison, on s'y mettait.

On a dû en faire une cinquantaine, de dessins.

Je les ai tous jetés.

Chez Josie, j'y allais moins souvent. Forcément, il y avait ses parents et, même s'ils étaient gentils, c'était quand même plus sympa chez moi, où le seul adulte, c'était mon frère, qui était finalement aussi un enfant, un peu.

Le père de Josie, je ne l'ai vu qu'une fois parce qu'il travaillait vraiment tout le temps, même le samedi. Je me souviens d'un grand monsieur avec une moustache noire. Et la maman de Josie, elle était toute petite et toute maigre. Et rousse. C'était rigolo de la voir à côté de Josie. Dans quelque temps, elles allaient être de la même taille, l'une toute fine, l'autre toute ronde. Elle savait bien faire les cookies, sa maman, je m'en souviens.

Un jour, Josie m'avait dit que sa maman l'avait inscrite à la danse, le mercredi après-midi. De la danse classique. Alors bon, on allait plus trop se voir, le mercredi. J'étais un peu déçu mais, en même temps, ça me faisait plaisir qu'elle fasse de la danse. Il allait y avoir un spectacle à la fin de l'année. J'avais hâte de la voir sur une scène, face à du public.

Le cours de danse, c'était tout près de chez Faysal et pas loin de chez moi. Alors, le premier mercredi, j'avais accompagné Josie et sa maman. Il y avait, devant l'école de danse, plein de petites filles avec leurs mamans. Elles avaient toutes les cheveux tirés, attachés en chignon ou en queue-de-cheval, avec des barrettes et des élastiques partout. Josie, elle, s'était fait des macarons de chaque côté de la tête. C'était la seule, et je l'aimais encore plus pour cela.

— Amuse-toi bien, ma chérie, avait dit sa maman.

— Oui, à ce soir, avait dit Josie. Mais ses yeux se baladaient partout pour essayer de deviner si ses nouvelles copines étaient gentilles ou méchantes. Et elle était entrée dans la salle en oubliant même de me dire au revoir.

— Bon. À bientôt, Zouz, m'avait dit sa maman. Tu passeras le bonjour à ton papa. («Quand je le verrai, et si je n'oublie pas d'ici là», j'avais pensé.)

Et elle avait fait un demi-tour tellement brusque que j'avais reçu une rafale de son parfum, un parfum très fort, en plein dans le nez.

Au moment où je me mettais en marche pour aller chez Faysal, un garçon plus âgé que les filles, tout mince, avec beaucoup de cheveux noirs frisés, était arrivé en courant et je l'avais vu, à travers la baie vitrée du hall de l'école, rejoindre le groupe de filles qui finissait d'entrer dans la salle. La porte s'était refermée sur lui.

Chez Faysal, il y avait Josh et ils jouaient à la console. Un tournoi de *street fighting*. Faysal m'avait accueilli avec un : « Ça faisait longtemps que t'étais pas venu ! Qu'est-ce qui se passe ? Josie est partie en Amazonie ? »

Et Josh s'était écroulé de rire dans le canapé.

Quand il y avait du monde, Faysal faisait toujours le malin avec ça. Je crois qu'en fait il aurait bien aimé avoir une amoureuse, lui aussi. Et puis, dans l'école, on était les seuls à être amoureux depuis aussi longtemps, avec Josie. Je savais que beaucoup se moquaient derrière notre dos, surtout les garçons, en fait. Mais Vincent m'avait dit que c'était parce qu'ils étaient jaloux. Alors je n'en voulais pas trop à Faysal. En enlevant mon pull, je lui avais dit en rigolant:

— Non, elle prend des cours de danse. Et si t'es pas content, je vais m'inscrire avec elle.

— Hein? elle fait de la danse?? avait crié Josh.

— Meuh! c'est vraiment un truc de fille, ça, avait dit Faysal en allant chercher du Coca dans la cuisine.

J'avais attrapé une manette de la console:

— Bah, y a un garçon, dans le cours.

Faysal, les bras chargés de trois verres et de la bouteille de Coca, avait écarquillé les yeux:

— Oui, mais à tous les coups, il est pédé.

Là, j'avais pas résisté:

— Ben Kaï, il est pédé et il est nul en danse.

Josh avait failli s'étrangler avec le fou rire qu'il commençait à avoir et Faysal avait eu un temps d'arrêt et était passé à autre chose, c'est-à-dire poser les verres et la bouteille et partir chercher un paquet de gâteaux. En plus, je savais

qu'il l'aimait bien, mon frère, Faysal, donc ç'avait
dû lui faire bizarre d'avoir dit quelque chose qui
aurait pu lui faire du mal.

6ᵉ

Aujourd'hui, samedi, on va faire les courses avec Kaï. Vincent travaille tous les samedis dans son bar, alors il ne vient jamais avec nous.

Depuis le temps, c'est bien rodé, notre affaire.

À midi, on fait la liste, c'est-à-dire que Kaï fouille dans les placards et le frigo et me dit quoi inscrire sur le papier. Ensuite, on prend nos sacs à dos et on part en bus.

Il y a un monde pas possible au supermarché. Mais on n'a pas d'autre solution. Ce doit être le cas pour tout le monde, d'être très occupé la semaine, c'est pour ça qu'on se retrouve tous les samedis après-midi.

Mais on est tellement bien organisés qu'on ne passe pas plus d'une demi-heure dans le magasin.

On coupe la liste en deux et on se répartit les rayons : Kaï s'occupe des légumes et des produits frais et moi du reste. On prend deux Caddie et on se retrouve à la caisse. Souvent, j'ai terminé avant lui, alors je vais traîner aux disques et aux DVD. J'ai envie d'en acheter mais de toute façon Kaï télécharge plein de séries et de films sur son ordi, donc ça servirait à rien.

Et aujourd'hui, j'ai vu ce qu'il ne fallait pas voir.

Je m'y attendais, je savais que ça m'arriverait un jour, que même si on n'est pas dans le même collège et qu'elle n'habite pas tout près de chez moi, on finirait par se croiser.

Et il a fallu que ça arrive dans un supermarché. Je finissais de regarder les DVD et je tournais au coin du rayon pour aller dans celui des mangas quand elle est apparue face à moi. D'un coup. Ça m'a frappé comme la foudre. Mes jambes ont failli me lâcher, j'ai cru que j'allais vomir, hurler ou m'évanouir. Tétanisé, j'étais.

Elle, elle avait l'air tranquille. Elle a souri et elle a dit :

— Zouz.

Il manquait un mot dans sa phrase. Au début. Un petit mot de trois lettres. Trois lettres dont l'absence m'a immédiatement fait monter les larmes aux yeux. J'ai baissé la tête, j'ai fait un pas de côté pour la contourner et je suis passé derrière, au rayon mangas, mais je ne m'y suis finalement pas arrêté, car j'étais poursuivi par une odeur d'anis meringué.

CM1

Les vacances de février du CM1, ç'avait été vraiment génial. Les parents de Josie travaillaient mais, de mon côté, Kaï était en vacances et il avait décidé de ne bosser que le matin et en début d'après-midi, le reste du temps m'étant entièrement consacré.

Et Josie venait tous les jours à la maison, du coup.

On faisait à manger avec Kaï, qui nous apprenait ses recettes, on passait voir Vincent dans son bar et on y buvait des Coca, on allait à la piscine (mais on ne retournait pas à la chute d'eau. Sans doute on voulait que ça reste un souvenir unique), on passait beaucoup de temps à regarder des films sur l'ordinateur, on dessinait, bien sûr, et, une fois, on a aidé Kaï pour un travail de son école. Il voulait absolument enregistrer nos voix pour une «installation». Une installation, c'est une sorte d'œuvre d'art, mais c'est pas un dessin ni une peinture ou une sculpture, c'est... euh...

Par exemple, celle de Kaï, c'était dans une pièce toute blanche, il avait mis des télés par terre et, dedans, il y avait des visages dessinés par lui qui passaient. Des visages en noir et blanc. Et des fois, de la couleur arrivait par-dessus. Au sol, il y avait des journaux étalés et Kaï les avait choisis pour les nouvelles qu'ils annonçaient : uniquement des catastrophes naturelles, comme un ouragan, un raz-de-marée ou un tremblement de terre. Et les gens qui venaient voir l'installation, on leur mettait un casque sans fil et dedans, c'étaient nous, Josie et moi, qui parlions. On avait enregistré des textes qu'on n'avait pas entièrement compris. Je me rappelle que ça parlait des droits de l'enfant, des dauphins et de je ne sais plus trop quoi. Et les gens se baladaient comme ça, à nous écouter, à regarder les télés et à lire les journaux par terre. Je crois qu'il avait eu

une bonne note. En tout cas, ç'avait été la première fois que j'étais allé dans son école.

C'était un mois après les vacances, en mars, le
vernissage. C'est-à-dire le premier jour où les gens
ont le droit d'entrer voir l'exposition. Et c'est un
peu comme une fête. Les gens sont bien habillés
et ils mangent des petits-fours. Josie était là. Et sa
maman, qui avait un peu l'air perdu, comme une
tortue sans sa carapace. C'était le vernissage des
élèves de la classe de Kaï. Alors ils étaient tous
stressés et excités. Vincent avait pu venir. Il ne parlait pas trop. Apparemment, il ne connaissait pas
bien les copains de Kaï. Mais il avait l'air content
d'être là. Dès qu'il regardait Kaï parler de son
installation aux invités, on voyait qu'il était très
fier de lui. Et moi aussi, je l'étais. Tout le monde
n'a pas un frère qui fait des installations!

Et donc, ces vacances de février, je m'en souviens bien, à cause de la préparation de l'installation et parce que même, une fois, Josie avait
dormi à la maison. C'était le jour où on enre-
gistrait les voix. On n'avait pas vu le temps pas-

ser et il était déjà au moins 19 heures, alors que Josie devait rentrer à 18 h 30. Sa maman avait téléphoné, un peu inquiète, et Kaï s'était excusé, il était vraiment embêté d'avoir oublié l'heure. Josie avait pris le combiné pour demander à sa maman si elle pouvait dormir ici. Un sourire était apparu sur son visage, elle avait raccroché et elle avait dit:

– C'est bon.

Pour fêter ça, Kaï avait commandé des sushis et on les avait mangés en regardant un dessin animé japonais. Et, pour continuer sur le même thème, Kaï avait sorti le petit futon et l'avait installé dans ma chambre, au pied de mon lit.

On était très fatigués, alors j'avais éteint la lumière très vite.

Et, sans se parler, sans se concerter, j'avais tendu ma main gauche par terre et Josie sa main droite en l'air, elles s'étaient rejointes, et on avait dormi, comme ça, main dans la main.

CM1

Le lendemain, Josie avait cours de danse : elle avait dû rentrer pour chercher ses affaires. C'était le week-end, alors elle allait rester chez elle, bien sûr et, en plus, sa prof de danse avait profité des vacances pour mettre des heures supplémentaires le samedi et le dimanche après-midi. Kaï avait dit que c'était pire qu'à l'armée, ce cours.

Je m'étais un peu ennuyé, ce week-end-là. C'était le dernier avant la fin des vacances et Kaï travaillait comme un fou pour terminer son installation. Il passait des heures à trier et à découper les journaux.

J'étais allé chez Faysal. Je l'avais appelé pour voir ce qu'il faisait et, après m'avoir fait sa remarque habituelle (genre : « Tiens, un revenant!»), il m'avait invité à faire un foot au parc avec Josh et Klaus. J'étais arrivé en premier chez lui et sa maman nous avait servi un goûter (c'était sa grande spécialité, à la maman de Faysal, les goûters. Avec elle, c'était pas seulement un bout de chocolat et du pain. Elle avait même des livres de recettes «spécial goûter»). Bref, tout en mangeant un pain d'épices à la châtaigne accompagné d'un lait de soja vanillé, on avait eu, je m'en souviens bien, notre première vraie conversation d'amis. Il m'avait avoué qu'au début il avait été vexé, pas jaloux, vexé, oui, parce qu'il avait eu l'impression que je l'oubliais, à cause de Josie. Et qu'en même temps il s'en voulait d'avoir traité Josie de grosse, la première fois qu'on l'avait vue à la cantine l'année d'avant. Je lui avais dit que je ne lui en voulais pas, que de toute façon, elle l'était, grosse, Josie. Et que c'était d'ailleurs en partie pour ça que je l'aimais. Il avait rigolé. Et moi aussi, tout en disant que c'était vrai. Puis il avait froncé les sourcils et il m'avait demandé comment c'était d'être amoureux. Enfin, amoureux, il le savait, puisque ça faisait au moins trois mois qu'il se mourait d'amour pour Cindy mais, vu qu'elle le regardait à peine, ce n'était pas « son » amoureuse. Et donc il avait voulu savoir comment c'était de sentir, de savoir, depuis si longtemps, qu'une personne compte plus que tout pour soi et que soi-même on compte plus que tout pour cette personne. Alors je le lui avais dit, je ne sais plus avec quels mots, et lui, il m'avait parlé de Cindy, expliqué que, finalement, il n'était plus sûr d'en être amoureux, et on en avait oublié de finir notre pain d'épices. Et Josh et Klaus étaient arrivés au moment où on s'était dit avec Faysal, tous les deux en même temps, chacun dans sa tête, qu'on était les meilleurs amis du monde. Du moins de France. En tout cas de cette ville. Ou de cette école.

Bon. Le foot, c'était pas ma passion, les gars le savaient. Mais j'étais pas du genre à râler, c'est pour ça qu'ils me disaient toujours quand ils en faisaient un, et que moi je venais à chaque fois, parce que j'aimais bien être avec eux.

Généralement, je me mettais cinq minutes

aux buts, ensuite deux minutes à tirer quelques ballons, et le reste du temps assis sur la pelouse à les regarder et à rigoler, souvent. Klaus voulait être footballeur, plus tard, alors c'était le genre à faire des trucs avec le ballon, des rebonds sur la tête, les talons, les genoux, des sortes d'acrobaties, quoi. Il avait une queue-de-cheval et on la voyait rebondir derrière sa tête, en rythme. Josh était aussi nul que moi mais ça lui plaisait. Même s'il ne marquait qu'un but sur cent.

J'avais décidé d'aller chercher Josie à la fin de son cours de danse et de la raccompagner chez elle. J'avais dit au revoir aux gars, on se revoyait dans deux jours et on devait retrouver nos copains qui reviendraient de leurs vacances de ski avec la marque blanche de leurs masques.

J'étais arrivé en avance à l'école de danse et j'avais attendu sur un petit muret. Le ciel se couvrait un peu. Il allait pleuvoir. J'avais en tête une vieille chanson qu'écoutait parfois maman. Je ne sais pas pourquoi je pensais à ça maintenant. C'est un chanteur dont je sais plus le nom, avec une voix très aiguë, qui chante : « Aimer est plus fort que d'être aimé», avec des synthés moches derrière.

Des filles en chignon commençaient à sortir. Josie serait la dernière, je le savais. Elle était du genre à prendre son temps. Après l'école, je devais toujours attendre que la cour se vide entièrement pour la voir apparaître, marchant tranquillement, ce qui me faisait sourire chaque fois, car des centaines d'élèves venaient de sortir en courant et en hurlant pour s'enfuir au plus vite de l'école.

Là, ça n'avait pas loupé, toutes les filles étaient sorties, même la prof de danse, une grande vieille dame qui ressemblait à une branche d'arbre. Je m'étais levé de mon muret et j'avais encore attendu quelques minutes.

Et Josie était arrivée, avec le garçon aux cheveux bruns à côté. Ils parlaient, elle m'avait vu, lui aussi, il lui avait tendu quelque chose, fait un signe de la main, Josie aussi, il était parti et Josie m'avait rejoint.

— C'est qui? j'avais demandé.

— Jé, il s'appelle. Tiens, regarde, il m'a prêté un DVD.

C'était pas un film mais une sorte de reportage, apparemment, sur un enfant pianiste. J'avais dit en le rendant à Josie :

– Ah oui.

Puis :

– Il est dans notre école, Jé ?

Josie commençait à enlever les barrettes qui retenaient ses macarons :

– Non, il est en sixième, à Maurice-Ravel, en classe musique. Il veut devenir pianiste, plus tard. Ou danseur.

J'avais eu un peu honte de penser à ça, mais je m'étais dit que, si Faysal avait été là, il aurait ricané en disant qu'il ne manquait que ça au tableau, la musique, pour en faire un parfait pédé.

CM1

Le lundi de la rentrée de mars, ils avaient fait fort,
à l'école. Chaque classe avait eu une espèce de
cours d'éducation sexuelle pendant une heure. Il
y avait une dame qui s'occupe d'une association
ou je sais pas quoi et un comédien qui venait
parce qu'il jouait dans un spectacle qui racontait
l'histoire d'un petit garçon qui apprend que son
frère a le Sida. Et on irait tous le voir après, le
spectacle.

Évidemment, quand ils étaient arrivés dans
notre classe et qu'ils avaient commencé à nous
parler de «relations sexuelles», de «faire l'amour»,
de «sexe» ou de «préservatif», il y en avait plein
qui ricanaient ou qui rigolaient franchement. Et

moi, ça ne me faisait pas rire. Peut-être parce que j'avais l'exemple de mon frère, déjà, et aussi parce que avec lui on parlait assez franchement donc je savais tout. Y compris que j'étais trop petit pour tout ça.

Et du coup, pendant que les autres se marraient, je pensais à Josie et à moi. Je me disais que, sans doute, quand on serait grands, on ferait l'amour. Ça ressemblerait à se tenir par la main en dormant, mais en plus fort, en plus grand, en mieux. Tout ça restait un mystère, bien sûr, et ça l'est encore aujourd'hui, mais un mystère qui ne me fait pas peur.

À un moment donné, j'avais croisé le regard de Faysal, assis trois rangs devant moi sur le côté, qui avait explosé de rire en se renversant sur sa chaise quand le comédien avait dit qu'on pouvait attraper le Sida par le sang ou le sperme mais pas par la salive. En voyant que je ne rigolais pas, Faysal avait instantanément arrêté de rire, et il s'était retourné et avait baissé la tête, comme s'il réfléchissait. Puis Josh l'avait poussé du coude et lui avait montré Cindy qui levait la main pour savoir comme ça s'utilisait, un préservatif. Alors il avait rougi, Faysal, quand la dame avait expliqué.

6ᵉ

À la fin du CM2, Faysal avait déménagé.

Il habite maintenant près de la mer, au bord
de l'océan. Et ç'a été dur, ça, quand même.
D'abord pour lui, parce qu'il ne voulait pas
changer de ville et de copains. Et puis il est parti
parce que sa maman avait un nouvel amoureux
qui habitait là-bas, donc elle allait le rejoindre et
Faysal aussi, évidemment. Mais lui, il n'aimait pas
trop ce nouvel amoureux, je crois, en plus. Et
puis c'est dur aussi pour moi, parce que c'est
mon meilleur ami. Mon ami tout court, même.

Mais Kaï, pendant les grandes vacances, m'a
expliqué comment parler sur Internet avec
quelqu'un qui habite loin. Ensuite, j'ai appelé
Faysal pour lui expliquer et, une fois qu'il a eu

Internet dans sa nouvelle maison, on n'a pas arrêté de s'en servir.

Presque tous les soirs, après le collège, je vais sur l'ordi de Kaï et on s'écrit, avec Faysal.

Hier, il m'a dit qu'il avait une copine. Une fille qu'il a rencontrée sur la plage cet été mais qui s'est retrouvée dans sa sixième à la rentrée. Ça m'a fait plaisir pour lui. Et ça m'a fait un peu de mal, bien sûr, parce que ça m'a rappelé Josie. Ça m'a fait bizarre qu'il dise «copine» et pas «amoureuse», ça m'a fait prendre conscience qu'on a grandi en peu de temps. Et que moi, je pensais encore à Josie comme à mon ancienne «amoureuse» et pas comme à mon ancienne «copine». Je me suis trouvé petit, tout à coup.

Quand j'ai éteint l'ordinateur, je suis resté quelques instants immobile.

Et j'ai vu, dans le reflet de l'écran, une petite larme me couler sur la joue.

Dehors, il faisait nuit et un orage se préparait. Ça grondait. Dans ma tête, c'était exactement pareil.

CM1

Au mois de juin, avant les grandes vacances qui nous emmèneraient au CM2, il avait plu tous les jours. Je m'en souviens bien, on avait eu peur que ça continue tout l'été et que les vacances soient pourries, du coup.

Kaï avait décidé de faire une fête pour la fin de l'année, à la maison. Et il avait eu une idée super: la fête commençait à 14 heures, comme ça, je pouvais inviter des copains à moi, si je voulais, et puis, à partir de 18 heures, c'étaient ses copains à lui et à Vincent qui arrivaient. Les enfants et les «grands» s'étaient un peu croisés. Ç'avait été rigolo de les voir se mélanger. Nous, Kaï et moi, on savait ce que c'était, de vivre avec quelqu'un qui n'a pas du tout son âge. Les autres, ils avaient l'air d'avoir moins l'habitude. Je me souviens d'une grande fille, une copine de Kaï, avec de longues nattes qui lui tombaient jusqu'aux fesses, une bouteille de bière à la main, qui regardait mon copain Josh avec des yeux ronds pendant qu'il se servait en Oasis. Il y avait aussi Faysal, qui dansait comme un malade avec Vincent, sur une musique très forte. Et une brochette de garçons avec des cheveux noirs, maquillés et portant des chapeaux, qui rigolaient en les voyant. J'avais bien aimé cette fête.

Et, bien sûr, il y avait Josie. Par moments, j'avais l'impression qu'on avait vingt ans, que c'était notre appartement, qu'on était mariés et tout, et qu'on recevait nos collègues de travail. J'avais hâte d'être grand. Je priais pour que le lendemain matin quelque chose de surnaturel arrive et nous fasse sauter, en une nuit, le collège et le lycée et qu'on devienne adultes en un clin d'œil.

Je pensais à ça, alors qu'on regardait nos copains partir un à un. Les parents sonnaient à la porte, Kaï ou Vincent ouvraient puis, pendant qu'ils allaient chercher le garçon ou la fille, on voyait les parents patienter près de la porte, un peu gênés, effrayés aussi peut-être, par cette drôle de fête où se mélangeaient fraises Tagada et Tequila frappée.

Au bout d'un moment, vers 19 heures, il n'y avait plus eu aucun copain à nous. Faysal était parti le dernier, en sueur d'avoir tellement dansé. Sa maman avait rigolé en le récupérant. Elle avait dit qu'elle ne l'avait jamais vu dans un tel état.

Josie, elle, avait eu le droit de dormir à la maison.

On s'était endormis sans s'en rendre vraiment compte, dans le salon, avec la musique et le bruit des conversations qui nous berçaient. J'ai toujours aimé ça, m'endormir dans le bruit. Par exemple quand des adultes parlent ensemble après un repas en prenant le café, dans un train rempli de gens qui partent en vacances ou là, sur un canapé, la tête de mon amoureuse sur les genoux, envahi des rires et des rythmes qui s'étaient prolongés jusqu'à tôt le matin.

Peu de temps après, c'était le grand jour pour Josie : le spectacle de fin d'année de son cours de danse. Ça faisait un moment qu'elle m'en parlait, elle était inquiète de savoir ce que j'allais en penser, si j'allais trouver qu'elle dansait bien et tout ça. C'était très important pour elle. Elle me disait qu'elle ne voulait pas que je sois aveuglé parce que je l'aimais. Il fallait que je la juge comme si je ne la connaissais pas. J'avais promis, bien sûr. Même si je savais que ça allait être dur de ne pas être super fier de voir mon amoureuse danser.

C'était un vendredi soir, je me rappelle, tous les parents et les frères et sœurs des danseuses étaient bien habillés. Certains papas étaient en cravate. Beaucoup de mamans étaient maquillées et tous parlaient très fort et riaient tout le temps. Moi, j'étais avec Kaï. On ne connaissait personne, on avait juste dit bonjour de loin à la maman de Josie, mais c'était tout.

Et puis, pile au moment où les portes de la salle s'étaient ouvertes, Faysal était arrivé, accompagné de son grand frère, que je n'avais jamais vu, qui était à peu près du même âge que Kaï.

Ça m'avait vraiment surpris, qu'il vienne, Faysal. Et ça m'avait fait plaisir, aussi.

Il avait dit :

— Oui, oh, je voulais juste savoir à quoi ça ressemblait, cette histoire de danse.

Son frère ne disait trop rien, il avait un peu la tête du grand frère que les parents ont obligé à accompagner le petit. Kaï lui jetait des coups d'œil. Il devait le trouver beau, sans doute, parce qu'il l'était, beau. Il avait une tête de sportif. Heureusement que Vincent n'était pas là. De toute façon, le frère de Faysal n'en avait rien à faire du tout de Kaï.

Et le spectacle avait commencé. Il était en plusieurs parties, en fonction de l'âge des danseuses. On s'était un peu ennuyés aux deux premières, elles étaient vraiment petites, les filles, et puis on ne les connaissait pas, alors, forcément, c'était pas très intéressant.

Enfin, le groupe de Josie était arrivé.

Ça avait commencé par une musique très forte, avec des violons ou des instruments de ce genre, et toutes les filles, sauf Josie, étaient arrivées en courant et tournaient à toute allure sur la scène. Comme elles étaient en tutu, ça faisait un drôle d'effet, on aurait dit une sorte de serpent rose et mauve qui ondulait.

Et puis Josie était apparue sur un côté de la scène, sur la pointe des pieds, toute droite, les cheveux bien tirés. Elle avait l'air d'une grande, je la reconnaissais à peine.

De l'autre côté de la scène, complètement à l'opposé de là où était arrivée Josie, le garçon, «Jé», je crois, dont j'avais complètement oublié l'existence, était arrivé.

Ils étaient restés un instant comme ça, tous les deux, immobiles, elle sur les pointes et lui les bras tendus.

Puis ils s'étaient élancés l'un vers l'autre tandis que les autres filles s'arrêtaient de tourner et faisaient maintenant de plus petits mouvements.

Josie et Jé dansaient ensemble. Un duo. C'était très beau, même si on voyait qu'ils débutaient, c'est sûr. Josie était tellement sérieuse, elle voulait tellement bien faire qu'elle était vraiment belle. Jé avait une grâce, c'est comme ça qu'on dit, je crois, quand quelqu'un danse très bien. Pendant qu'ils dansaient, il n'y avait plus beaucoup de bruit dans la salle, j'avais l'impression. Faysal, à côté de moi, avait la bouche entrouverte et suivait Jé des yeux. Son frère, lui, envoyait des SMS et Kaï me regardait en souriant.

À la fin, tout le monde avait applaudi, et j'avais été tellement fier d'elle que j'avais eu un petit peu envie de pleurer.

Il y avait eu un entracte, avant le spectacle des grandes. Kaï était parti téléphoner dehors, le frère de Faysal était resté à sa place dans la salle, et Faysal et moi on était allés aux toilettes. Là, Faysal m'avait dit qu'il avait trouvé Josie vraiment très forte.

Alors j'avais dit, en prenant exprès un ton très sérieux :

— Tu veux dire «grosse»?

Il était devenu tout rouge et avait commencé à s'excuser, que ce n'était pas ce qu'il avait voulu dire. J'avais rigolé :

— Mais non. Je sais bien ce que t'as voulu dire. J'ai trouvé aussi qu'elle était très forte.

J'avais appuyé sur le robinet et je m'étais savonné les mains avec le savon jaune accroché au-dessus :

— Et le garçon aussi, il est super, non ?

— Mouais, il avait dit. Pas mal. On dirait quand même une fille.

Il m'avait rejoint au lavabo.

— Au début, je t'aurais conseillé de faire attention, qu'un seul garçon dans un groupe de filles, ça craint.

Je m'essuyais les mains :

— Comment ça ?

Il se savonnait tellement fort que ça faisait des bulles dans le lavabo :

— Bah, faire gaffe à Josie et tout. Qu'il te la pique pas. Mais là, je pense que t'as rien à craindre. Un garçon qui danse aussi bien est inoffensif pour une fille.

Il avait rigolé et m'avait soufflé des bulles dans la figure.

Surpris, j'avais oublié de réfléchir à ce qu'il venait de me dire.

À la fin du spectacle, on avait attendu Josie

dans le hall. Sauf Faysal et son frère, qui était rentrés tout de suite. Je pense que son frère avait atteint les limites de sa patience.

Josie était sortie dans les premières, pour une fois, et m'avait foncé dessus en sautant partout d'excitation :

— Alors ? Alors ?

Moi, je souriais bêtement parce que j'étais impressionné. Et Kaï avait dit :

— Bravo, Marie-Claude !

Josie avait arrêté de sauter, moi de sourire, et on avait regardé tous les deux Kaï avec des points d'interrogation à la place des yeux.

Kaï avait dit :

— Marie-Claude Pietragalla.

Nouveaux points d'interrogation.

— C'est une danseuse super célèbre. Vous connaissez pas ?

On n'avait pas répondu et Kaï était parti fumer une cigarette en rigolant :

— En tout cas, bravo, t'étais super ! On y va dans pas trop longtemps, hein ?

J'avais tourné la tête vers Josie :

— Tu danses très bien.

— Oh, merci! J'avais trop peur quand la prof m'a proposé de danser avec le meilleur du cours. Mais elle dit que j'ai beaucoup de potentiel, pour une débutante.

— C'est vrai. Faut que tu continues, hein?

Son regard passait au-dessus du mien:

— Oui, oui.

— Bon, ben, on se voit demain? Tu veux venir à la maison?

Elle rangeait des trucs dans son sac:

— Je peux pas, demain. On fait une fête avec ceux de la danse.

— Ah.

— Je t'appellerai, d'accord?

Elle m'avait fait une bise et m'avait laissé tout seul.

En partant, je l'avais vue rejoindre Jé, qui était avec une dame et un monsieur, ses parents à lui sans doute.

Et j'avais repensé à ce que m'avait dit Faysal. Alors j'avais froncé les sourcils, tandis qu'on rentrait à la maison, avec Kaï.

6ᵉ

Ce soir, à la télé, Kaï, Vincent et moi, on tombe
sur un vieux film. L'histoire d'une fille et de ses
chaussons rouges. D'ailleurs, il s'appelle comme
ça, le film. *Les Chaussons rouges*. Et c'est pas des
chaussons de vieux, genre des pantoufles, c'est
des chaussons de danse. Parce que toute l'histoire,
c'est ça : une fille qui veut devenir danseuse.
Alors, forcément, même si c'est un beau film, j'ai
pas super envie de le voir en entier.

Je vais dans la chambre de Kaï et de Vincent
et j'allume l'ordinateur. Je vois que Faysal est
connecté et on commence à discuter de tout et
de rien, comme d'habitude. Derrière moi me
parvient la musique du film et il n'y a pas d'autre

lumière dans la pièce que celle de l'écran de l'ordi. Faysal me raconte les dernières nouvelles de sa classe. Il me parle de gens que je ne connais pas mais, à force, des visages commencent à se poser sur ces prénoms inconnus. Et, toutes les cinq minutes, on se répète combien c'est dommage qu'on ne soit plus ensemble dans la même ville, donc dans la même classe, et qu'on aurait bien rigolé.

Et puis, tout à coup, quelqu'un que je ne connais pas se connecte. Il me dit bonjour. Je fais une pause avec Faysal pour lui demander qui il est.

C'est Roman, le garçon blond et silencieux de ma classe. J'avais oublié que je lui avais donné mon adresse, il y a quelques semaines. Il m'écrit simplement : « Tu veux venir à mon anniversaire, samedi après-midi ? Ne t'inquiète pas, il n'y aura ni Pascal ni Aglaë. » Je souris mais lui réponds qu'il peut inviter qui il veut, c'est son anniversaire, après tout. Il me dit que de toute façon il n'y aura pas grand monde, parce qu'il n'a pas beaucoup d'amis. Alors je lui dis oui, c'est bon, je viendrai. Pas beaucoup de monde, c'est exactement ce qu'il me faut, en ce moment.

Entre-temps, Faysal s'est déconnecté. Je reste un moment comme ça, face à l'ordinateur muet. Au salon, toujours la musique du film. Je me lève pour dire bonsoir à Kaï et à Vincent. Dans le canapé, seul Vincent regarde encore le film. Kaï, lui, dort sur ses genoux. Il a la bouche un peu ouverte et il respire fort. On n'est pas toujours beau, quand on dort. Vincent me fait un petit signe de la main. Je vais me coucher.

Pendant la nuit, instinctivement, ma main sort de sous ma couette et cherche, dans l'air, celle de Josie.

CM1

Le soir de la fête de la danse (à laquelle je n'avais pas été invité), le samedi soir, donc, j'avais refusé d'aller au cinéma avec Kaï et Vincent. Je ruminais, comme aurait dit maman si elle avait été là. J'étais sur le canapé, face à la télé allumée sur je sais pas quoi, une émission débile avec des vieux chanteurs qui revenaient chanter leurs succès d'avant. Mais comme j'étais pas né, à l'époque, j'en avais rien à faire. Je changeais pas de chaîne. Je regardais pas vraiment.

Je pensais à Josie, dans sa fête. Je me disais qu'elle avait bien le droit de faire des choses toute seule, avec ses amis. Moi, par exemple, je voyais Faysal sans Josie, le plus souvent.

J'avais éteint la télé et j'étais parti me coucher. Dans mon lit, je n'arrivais pas à dormir. J'avais entendu Kaï et Vincent rentrer tard. Ils rigolaient, essayaient de ne pas faire trop de bruit pour ne pas me réveiller mais c'était pire parce qu'ils explosaient de rire toutes les deux minutes puis disaient : « Chut ! Chut ! » encore plus fort.

Le lendemain, vers midi, j'avais appelé Josie pour lui demander de passer à la maison. Kaï et Vincent dormaient encore. Elle m'avait dit qu'elle viendrait vers 16 heures, oui.

En l'attendant, j'étais allé récupérer plein de journaux dans la poubelle recyclable de l'immeuble. Surtout des magazines avec des photos. Depuis quelques jours, Kaï m'apprenait la technique du collage et j'adorais ça, je voulais essayer avec Josie, pour changer des grands dessins à quatre mains.

À 16 h 30, Josie avait sonné à la porte. Kaï et Vincent mangeaient du jambon et buvaient du thé dans la cuisine, les cheveux en l'air et le regard dans leur tasse. Quand j'avais ouvert la porte, ç'avait été comme si je me l'étais envoyée en plein dans la figure, tellement la surprise était énorme. Josie avait les cheveux courts. Mais très courts. Je ne la reconnaissais pas. Enfin, si, je voyais bien que c'était Josie, mais ça lui changeait complètement la tête et le reste. Alors j'ai dit ce qu'on dit toujours dans ces cas-là, une phrase complètement débile:

— T'es allée chez le coiffeur.

Donc la réponse avait été:

— Oui. Enfin, non. C'est dimanche. C'est ma mère qui me les a coupés ce matin.

Puis:

— Ça te plaît?

Moi:

— Oui, beaucoup. Ça te change.

Elle s'était avancée vers moi:

— Bon. Je peux entrer? On va pas rester à la porte toute la journée.

C'était pas son habitude, de dire des choses comme ça. En général, Josie, c'était le genre de personne à répondre plutôt qu'à prendre la parole. Sa coupe de cheveux l'avait vraiment changée

On était passés dans la cuisine se servir un jus d'orange. Et Kaï avait marmonné un «Bonjour Josie», sans noter sa nouvelle tête. Vincent, lui, avait écarquillé les yeux et m'avait adressé un petit sourire en coin, un peu triste. J'avais pas compris pourquoi.

Dans ma chambre, j'avais étalé une grande feuille blanche que j'avais piquée à Kaï et puis j'avais commencé à découper des photos, des bouts de trucs en couleur qui me plaisaient dans les magazines. En découvrant tout ça, elle avait fait une drôle de tête, Josie :

— Oh non. T'en as pas marre de faire des dessins ?

Ça non plus, ça ne lui ressemblait pas, de dire que quelque chose ne lui plaisait pas. Elle était là, debout, face à mes petits découpages. Elle avait un pantalon noir et une chemise un peu marron, ses nouveaux cheveux courts et, je m'en souviens très bien, c'est à ce moment précis que je m'étais dit qu'on n'avait plus le même âge. Elle avait quinze ans, d'un coup. Alors que moi, j'avais neuf ans et demi, encore. J'avais l'impression qu'elle avait maigri. Peut-être à cause de la danse.

Elle s'était assise sur mon lit :

— Bon. On fait quoi ?

Je savais plus parler, je m'étais mis à bégayer :

— Bah… Euh.

J'avais voulu dire : « Rien, on fait rien. Comme d'habitude quand on est ensemble. On fait rien et ça nous suffit. On se met au balcon, on discute de l'école, on regarde la télé, un film, si tu veux. On s'aime et ça nous suffit. »

Mais j'avais pas su dire tout ça. Parce que j'avais l'impression que c'était pas ce qu'elle voulait entendre.

— Tu veux pas qu'on essaie le collage ensemble ?

— Non, Zouz, j'ai pas trop envie.

J'avais cru que sa phrase avait commencé par « Mon Zouz ». Puis elle avait tourné la tête vers la fenêtre. Je savais plus quoi faire. J'étais paniqué.

— J'ai des exercices de danse à faire, elle avait dit brusquement. Je peux ?

— Euh, oui, oui, vas-y.

Elle avait poussé ma feuille, les magazines, les papiers découpés et elle avait posé les mains sur mon bureau et tendu les jambes, l'une après l'autre, vers l'arrière, en basculant la tête. Je m'étais assis sur le lit, je l'avais regardée un moment et j'étais parti dans le salon. J'avais allumé la télé pour me donner une raison d'être assis sur le canapé, et j'avais réfléchi. Réfléchi très fort.

Vincent était venu me voir et m'avait simplement passé le bras autour des épaules. Alors j'avais laissé échapper des petites larmes. Mais pas trop, comme ça, je n'avais pas eu les yeux rouges quand Josie m'avait dit au revoir, vingt minutes plus tard.

CM1

J'étais très triste de cet après-midi avec Josie. J'avais l'impression qu'on avait vécu notre première dispute, même si ça n'y avait pas ressemblé : on ne s'était pas crie dessus, par exemple. Mais je voulais oublier ça et le meilleur moyen, c'était de ne pas en parler. Avec un peu de chance, j'allais avoir l'impression que ça n'avait jamais existé.

Il ne restait que trois jours d'école, mais ça faisait déjà un moment que c'était un peu les vacances dans la classe. Tous les jours, on apportait un jeu de société auquel on jouait en dernière heure.

Ce jour-là, Josh avait apporté deux jeux de Monopoly. On y jouait par groupes de deux, c'était pas super intéressant. On s'était mis ensemble, avec Faysal, et on avait fait exprès de perdre très vite pour être éliminés et pouvoir discuter à l'écart.

Je lui avais dit, comme ça, d'un coup :

— Si t'étais amoureux de Josie, tu me le dirais ?

Il avait failli hurler d'indignation :

— Quoi ? Mais t'es malade !

J'avais insisté :

— Non, mais dis-moi. Qu'est-ce que tu ferais ?

Il faisait une tête comme si je le soupçonnais de fabriquer des bombes :

— Mais je sais pas, moi.

Il débouchait et rebouchait son stylo nerveusement :

— Non. Je pense que je te le dirais pas. J'aurais trop peur que tu sois plus mon ami. Mais je serais dans la merde, c'est sûr.

Moi, j'avais regardé par la fenêtre. Il avait ajouté :

— Mais pourquoi tu me demandes ça?

Je m'étais retourné vers lui:

— Parce que j'y ai pensé, en fait, hier. Que, peut-être, t'étais amoureux de Josie et jaloux de Jé.

Il était devenu tout rouge, Faysal.

— Mais non, t'es fou, toi? C'est pas ça.

Il débouchait et rebouchait le stylo tellement vite que je me disais qu'il allait finir par se transpercer un doigt.

— C'est la danse, là.

— Quoi, la danse?

— J'aimerais bien en faire, voilà!

J'avais eu envie de rigoler, de lui dire: «Je croyais que c'était que pour les pédés?»

— Et alors? j'avais dit à la place.

Il avait posé son stylo.

— Bah, si je dis ça chez moi, mon frère se foutra de moi pendant douze mille ans, mon père m'engueulera et ma mère, je sais pas ce qu'elle fera mais elle sera pas contente.

— Peut-être. Mais ils vont pas t'en empêcher, si?

— Non. Je pense pas.

Puis il avait baissé la tête.

Je lui avais lancé ma gomme dessus :

— Bah, alors vas-y. Fais ce que t'as envie. Tu t'en fous des autres, non ?

Et avant qu'il me réponde, la cloche s'était mise à sonner.

Pour le début des vacances, papa avait eu ce qu'il pensait être une bonne idée : nous emmener une semaine quelque part, Kaï et moi. Il croyait peut-être que ce sacrifice qu'il faisait allait nous faire pousser des cris de remerciement. En fait, non. On n'avait tellement plus l'habitude de le voir, papa, qu'on n'avait vraiment pas envie de passer sept jours non stop avec lui.

Ça n'avait vraiment aucun intérêt, cette semaine de vacances passée dans un club en Tunisie. On pouvait la résumer en trois mots : chaleur, piscine, ennui.

De retour à la maison, même si on était bronzés, Kaï et moi, on était tout mous et déprimés.

Alors j'avais appelé Faysal. Pas Josie, je n'avais pas osé. Et je m'étais débrouillé pour me faire inviter chez lui pendant plusieurs jours. Kaï était d'accord, il en avait profité pour partir avec Vincent en camping je sais plus où.

J'avais dormi sur un matelas par terre, dans la chambre de Faysal, et on avait passé une semaine à pas beaucoup sortir, sauf pour faire un foot avec Klaus et Josh. Et parfois avec son grand frère, qui, en fait, était très gentil. Un soir, il nous avait d'ailleurs emmenés faire du bowling, avec sa copine. On avait bien rigolé parce qu'elle avait un tout petit chien qu'elle trimballait tout le temps avec elle. Par exemple, là, elle l'avait mis dans un panier et il aboyait dès qu'elle gagnait.

Puis, fin juillet, juste avant de partir chez papi et mamie, j'avais pris mon courage à deux mains et j'avais appelé Josie. J'étais tombé sur sa mère qui m'avait dit qu'elle n'était pas là et qu'ils partaient le lendemain pour l'étranger.

J'avais raccroché et c'était parti pour un mois d'ennui à la campagne.

6^e

À l'anniversaire de Roman, il n'y a pas grand monde, effectivement. Une cousine à lui, qui s'appelle Mimi, un copain de quand il était en CM2, Max, et puis sa petite sœur, Ju.

On mange un gâteau au chocolat, on boit du Coca. Sa maman a décoré la table avec des serpentins et des sarbacanes en papier. J'ai l'impression d'être en CP. Je lis dans le regard de Roman qu'il en a marre, en fait, de toutes les couleurs et des trucs de bébé dont sa maman l'entoure. Au collège, il donne l'impression d'être plus grand que les autres. D'en savoir plus. Et pas seulement parce qu'il ne parle pas. (Quand quelqu'un est silencieux, on peut imaginer que c'est parce qu'il est plus intelligent que les autres.) Lui, je crois qu'il l'est, intelligent.

Ensuite, on lui offre nos cadeaux. Moi, j'ai choisi un livre qui apprend à dessiner, c'est Kaï qui me l'a conseillé. Roman a l'air content.

À la fin de la journée, je devais rentrer vers 18 heures, Roman m'a demandé si je voulais dormir chez lui. Ça m'a étonné mais j'ai dit oui. Après avoir appelé Kaï, j'ai donc passé une soirée dans une famille «normale». C'est-à-dire avec un papa, une maman, un garçon et une fille. C'est bizarre. C'est tellement loin de ce que je vis tous les jours. La maman fait à manger, le papa l'aide un peu. Le garçon fait ses devoirs (j'ai pu lui expliquer ce qu'il ne comprenait pas en maths) et la fille joue avec ses poupées. Au repas, on ne parle pas beaucoup, ou alors c'est pas trop intéressant. Mais tout le monde est gentil et on mange des yaourts nature au dessert.

Roman a des lits superposés, dans sa chambre, même s'il dort tout seul. Quand je lui demande pourquoi, il me répond qu'il ne sait pas. Peut-être que ses parents auraient bien aimé avoir un autre garçon.

On est allongés l'un au-dessus de l'autre, moi en haut et lui en bas. Et le fait de ne pas se voir, ça permet de parler plus facilement.

Il fait noir et l'appartement est très calme. Il me dit :

— T'as un grand frère, c'est ça ?

— Oui, je dis.

— Et tu vis tout seul avec lui.

— Oui, je dis encore. Avec son copain.

J'entends Roman bouger dans son lit.

— J'aurais bien aimé en avoir un, de grand frère.

Nouveau grincement de lit.

— Et tes parents, ils sont où ?

Je lui explique la situation et je l'entends soupirer :

— Des fois, moi, j'aimerais bien être seul, sans eux. Je les aime bien mais j'en ai marre qu'ils décident de tout à ma place.

Alors je lui dis :

— J'aimerais bien, souvent, que quelqu'un de plus grand décide pour moi, tu sais. Je veux dire, avec mon frère c'est super, c'est sûr, mais je sens qu'il aimerait bien ne pas tout le temps s'occuper de moi. Si mon père était là plus souvent, ça serait mieux.

Je m'assois dans mon lit, pensif :

— Mais bon. C'est trop tard maintenant.

Je lui dis ça alors que je pense en même temps le contraire : ça me plaît de vivre cette situation originale.

— T'es amoureux ? il me dit, comme ça.

— Hein ?

Je me penche vers lui. Il est allongé, les mains sous la tête.

— Moi, je le suis. C'est la première fois que je ressens ça. Mais j'ose pas lui dire. Et puis ma mère me dit que c'est pas de mon âge.

Je descends par l'échelle et je m'assois à côté de lui :

— Bah si, c'est de notre âge. C'est de l'âge de tout le monde. Si t'es amoureux de quelqu'un, faut lui dire. C'est super d'être amoureux.

Roman se redresse sur les coudes. Un sourire se dessine.

— T'as raison.

Et son regard se perd dans le vague, sans doute vers son amour.

Alors je dis :

— Bon, ben bonne nuit.

Ce n'est qu'une fois que je suis recouché que je l'entends me répondre :

— Bonne nuit.

C'est bien, qu'on ne se voie pas.

Comme ça, je peux pleurer tranquillement.

CM2

La rentrée du CM2, ç'avait été une répétition de celle du CM1. Le même décor, les mêmes personnes, le même déroulement.

Sauf que désormais, entre garçons, on commençait à se serrer la main. Et certaines filles se faisaient la bise. On préparait la sixième, quoi.

Comme l'année d'avant, j'étais avec Faysal, Klaus, Marius et Josh. On s'était tous ennuyés pendant nos vacances : moi à la campagne, Faysal chez lui, Marius à la mer, Klaus à la montagne et Josh aux États-Unis. Je serais bien allé aux États-Unis, Josh à la campagne, Faysal à la montagne, Klaus à la mer et Marius chez lui. Alors on se demandait quand on allait pouvoir choisir nos destinations.

Comme l'année d'avant, Josie était arrivée dans mon dos. Je m'étais retourné, elle avait souri et avait dit :

— Mon Zouz.

J'étais rassuré, un poids énorme s'était enlevé de ma poitrine et je lui avais pris la main.

Comme l'année d'avant, on s'était installés sur un banc, dans la cour, sous les regards des garçons et des filles qui semblaient vouloir dire : « Incroyable qu'ils soient encore amoureux, ceux-là ! » Et à moi aussi ça semblait incroyable, surtout après ce qui s'était passé avant les grandes vacances.

Mais là, sous le soleil de la rentrée, je n'avais pas voulu en reparler avec Josie. Elle avait l'air contente de me voir, elle me racontait ses vacances à l'étranger. Les gens qu'elles avaient rencontrés, les monuments qu'elle avait vus, les plats qu'elle avait goûtés. Décidément, Josie parlait plus que pendant l'année de CM1. Et ça ne me déplaisait pas, bien sûr. J'étais content de l'écouter. Heureux d'être auprès d'elle. Mais, par en dessous, sans qu'elle s'en aperçoive, je guettais si son sourire menaçait de disparaître.

J'aurais dû plus en profiter car ça n'a pas duré très longtemps.

À la maison, c'était officiel, Vincent s'était installé avec nous. Il avait pris toutes ses affaires de chez ses parents, qui ne voulaient plus le voir car ils avaient appris, pour Kaï et lui. C'était donc au mois d'octobre du CM2 que papa leur avait officiellement laissé sa chambre. Vincent travaillait toujours dans son bar (mais uniquement le samedi), et, en plus, il avait trouvé un autre travail dans une boulangerie, la semaine. Il finissait tôt l'après-midi, ce qui faisait qu'il était très souvent là quand je rentrais de l'école.

Au début de l'année, Josie venait encore un peu à la maison. Par contre, elle ne m'invitait plus chez elle, je ne savais pas pourquoi. Je n'osais pas trop lui en parler, en fait. Pourtant, ça se passait bien, entre nous. Je veux dire, elle n'avait plus jamais eu de moments d'énervement comme avant les vacances. Par contre, elle parlait beaucoup. Comme si le fait de s'être retenue si longtemps lui donnait envie de rattraper le temps perdu. Elle me parlait de la danse, qu'elle pratiquait désormais deux fois par semaine. Elle me disait qu'elle voulait devenir danseuse. C'est pour ça qu'elle faisait un régime. Et moi, je ne lui disais pas que je la trouvais très belle aussi quand elle était plus grosse. Elle m'avait dit qu'elle tenait un journal intime, qu'elle lisait beaucoup de livres sur des histoires d'amour, elle adorait ça, et qu'elle achetait aussi beaucoup de films sur la danse. Elle m'avait parlé de l'un de ces films, qu'une copine à elle lui avait passé, l'histoire d'un petit garçon qui voulait faire de la danse mais que son père forçait à faire de la boxe. Elle l'adorait, ce film, mais ne m'avait jamais prêté le DVD.

Et moi, je me sentais nouille, à côté. Je n'avais pas de passion, à part un peu le dessin et le collage, mais je voyais que ça ne l'intéressait plus, même si elle voulait bien en faire avec moi. Souvent, nos séances à quatre mains se terminaient à deux, les miennes, et elle s'entraînait toute seule pour son cours de danse. Ensuite, je la raccompagnais (de moins en moins) chez elle, et, surtout, on ne s'était pas embrassés depuis très longtemps.

Un jour que je rentrais de l'école, Vincent m'avait demandé où était Josie, depuis le temps qu'il ne l'avait pas vue. Il avait demandé ça très doucement, presque dans un souffle.

Alors j'avais juste dit :

— Elle est chez elle. Je crois qu'elle s'ennuie avec moi.

C'était sorti tout seul. Je ne me l'étais jamais avoué avant. Il avait fallu que Vincent me pose la question pour que j'en prenne conscience. Il avait été moins une que je me mette à pleurer

Et Vincent m'avait fait du pain perdu.

Perdu, comme moi, j'avais pensé.

Voilà comment s'était déroulé le début d'année de CM2.

Josie s'éloignait et moi, je la regardais partir.

CM2

Et le 22 mars était arrivé.

Comme ça, sans s'en rendre compte.

C'était un samedi après-midi, après les courses. Le premier jour des vacances de printemps. Kaï et Vincent avaient décidé d'aller a la piscine car Vincent ne travaillait pas. Et de m'emmener avec eux. J'avais appelé Faysal et on s'était tous retrouvés en maillot de bain sous le toboggan, à regarder, un peu horrifiés, la quantité de nageurs impressionnante qu'il y avait ce jour-là.

Vincent avait dit que ça aurait été plus tranquille le matin mais bon, c'était comme ça. Kaï râlait parce qu'il aurait voulu faire des longueurs et là, c'était impossible, alors il était allé s'installer sur sa serviette et avait ouvert un livre. Faysal avait foncé dans l'escalier du toboggan et Vincent était parti se trouver une place dans le grand bassin.

J'étais là, à ne pas savoir quoi faire, quand j'avais vu Josie et Jé, sous la chute d'eau, qui s'embrassaient. Jé la tenait tout contre lui et ils tournaient un peu leurs têtes alors que nous, avec Josie, on restait immobiles quand on s'embrassait.

C'était tellement évident que ça allait finir comme ça, c'était tellement normal que je n'avais rien fait.

Rien dit.

Rien pleuré.

Je n'avais rien voulu voir venir et je n'avais pas voulu parler à Josie. Pourtant, je l'avais vue, doucement, se détacher de moi. Entrer dans le monde des grands et tomber amoureuse de quelqu'un d'autre. De quelqu'un d'autre qui n'était plus un enfant, ce que je sentais que j'étais encore.

Et que je suis encore.

J'étais allé voir Kaï, qui bougonnait sur sa serviette, pour lui dire que je rentrais. Avant qu'il me dise quoi que ce soit, j'étais parti sous la douche, alors que je ne m'étais pas baigné, et j'étais resté là plusieurs minutes, à appuyer régulièrement sur le bouton pour que l'eau coule en continu. Et là, enfin, sous l'eau qui me dégoulinait de partout, j'avais éclaté en sanglots. C'était vraiment la bonne expression, «éclater en sanglots»: j'avais l'impression d'être complètement cassé. Si j'avais pu, j'aurais enfoncé le robinet dans le mur, de rage.

Le reste, comment je suis rentré à la maison, comment j'ai repleuré dans les bras de Kaï, comment Vincent m'a fait une soupe, comment je me suis couché sans dormir, comment j'ai passé les vacances entre ma chambre et la télé, comment j'hésitais à appeler Josie pour lui demander des explications, le reste, donc, n'a pas beaucoup d'importance.

CM2

Juste avant la rentrée de la sixième, le dimanche, on avait sonné à la porte.

Kaï, Vincent et moi, on légumait devant l'émission où un vieux invite des hommes politiques et des chanteurs qui n'existent plus. Je ne regardais pas, je pensais à Josie et je me demandais comment je pouvais provoquer une discussion. J'espérais encore.

Kaï avait dit :

— Il devait rentrer, papa, aujourd'hui ?

— J'en sais rien, moi.

Et puis j'avais mangé une chips.

C'était maman.

Avec son manteau vert, son parapluie jaune et un nouveau sac, rouge. Et les cheveux attachés. Presque comme si elle était partie hier.

Kaï n'avait pas su quoi faire. L'embrasser ou pas? Maman avait décidé pour lui: elle avait ouvert les bras et Kaï était tombé dedans. Alors je m'étais levé et, j'avais eu beau dire, j'avais réalisé qu'elle m'avait manqué, quand même, maman. À Kaï aussi, je le voyais, car il avait les yeux très rouges. Et j'avais couru vers elle.

Vincent, lui, était tout gêné. Mais maman l'avait embrassé, aussi, et elle avait dit qu'elle était contente qu'il soit là.

Une fois que tout le monde avait bien pleuré, comme dans les fins des films, on avait éteint la télé. Et on avait parlé.

Elle nous avait dit qu'elle était fière de nous, de voir qu'on se prenait en main. Qu'elle savait tout par papa, qui lui donnait des nouvelles régulièrement.

On s'était regardés, avec Kaï, super étonnés. Maman nous avait dit que c'était elle qui n'avait pas voulu venir nous voir tout de suite. Qu'elle s'en était terriblement voulu de s'être enfuie sans nous donner de nouvelles, et que, plus le temps passait, plus elle avait eu peur qu'on la déteste d'être partie.

Kaï avait dit qu'il avait été énervé contre elle, oui, et qu'il l'était encore un peu. Mais qu'il était content de la voir. Et qu'elle avait bien fait de revenir, il avait ajouté en me regardant.

Moi, je ne disais rien. J'avais l'impression que d'avoir pleuré en la voyant disait tout autant.

Alors maman avait un peu pleuré, justement, à ce moment-là, en disant que papa n'avait pas arrêté de l'engueuler, qu'il lui disait d'assumer et de venir nous voir, de nous expliquer pourquoi elle était partie et, aussi, de l'aider à nous élever mais qu'elle n'y arrivait pas.

J'avais eu un peu honte, à ce moment-là, d'en avoir voulu à papa d'être tout le temps absent. En fait, sans nous le dire, il s'occupait un peu de nous, finalement, en essayant de décider maman à nous parler.

Kaï avait toussé puis demandé :

– Et pourquoi tu es venue, alors ?

C'était à cause de son sac à main.

Elle avait voulu en changer, la semaine d'avant. Elle en avait acheté un rouge vif et avait vidé son ancien sac, celui sans couleur. Et elle y avait trouvé, au fond, tout froissé et plié, le ticket de caisse de l'épicier pour le coulis de fraise, qu'elle était partie acheter le jour de nos anniversaires. Elle l'avait acheté, ce coulis, et l'avait gardé avec elle dans le train qui l'emmenait loin d'ici.

Ça lui avait fait bizarre, de retrouver ce ticket, ça lui avait fait remonter plein de souvenirs, et elle était venue.

Elle était venue nous dire qu'elle ne revenait pas.

Qu'elle ne pouvait plus vivre avec papa. Qu'elle l'avait aimé, beaucoup, au début, mais que ça s'était arrêté, au bout d'un moment, et qu'il n'y avait pas d'explications à ça. Qu'elle avait cru que c'était possible de vivre quand même avec, mais que non, finalement, et qu'elle regrettait beaucoup d'avoir fait semblant de l'aimer pendant trop d'années, de s'être persuadée elle-même qu'elle l'aimait encore. Et qu'elle avait eu besoin de se retrouver seule pour y réfléchir.

Il lui avait fallu du temps pour trouver le courage de s'en rendre compte. Elle avait dû partir d'un coup, pour y arriver.

— Et nous ? avait dit Kaï.

— Vous, mes chéris, je vous aime toujours autant. Mais je ne peux pas m'occuper de vous tant que je ne me suis pas occupée de moi. Je n'en ai pas la force.

Kaï hochait la tête et tenait la main de Vincent, qui écoutait maman avec son grand sourire. Ils avaient l'air de comprendre. Et maman avait l'air soulagée.

J'avais pensé à Josie. Et j'avais tout compris. Tout accepté, plutôt. Elle ne m'aimait plus et ça ne servait à rien de lui demander pourquoi.

C'était ce jour-là, quand maman était revenue, que j'avais réalisé que Josie n'était plus mon amoureuse.

C'était ce jour-là, quand maman était revenue, que j'avais jeté les dessins, les collages et le chouchou violet de Josie qui dormait depuis deux ans sous mon oreiller.

C'était ce jour-là, quand maman était revenue, que j'avais compris le sens de l'expression «chagrin d'amour».

Je suis sur le banc en face de la maison. J'ai oublié mes clés. Et Vincent n'est pas là. Il s'est arrêté de pleuvoir il n'y a pas longtemps. Tout est brillant et le soleil me force à fermer les yeux. Je pense à maman, que je reverrai dans son nouvel appartement loin d'ici, où elle habite toute seule, et je souris. Parce que je sais qu'elle est heureuse, alors je suis content. Je pense à papa, que je plains un peu. Je pense à Kaï, qui, je n'en doute pas, deviendra un grand artiste. Je pense à Vincent, qui restera à ses côtés, aux miens, toujours. Je ne pense pas à Josie.

Et je pense à moi.

Ça se termine comment, pour moi ? C'est quoi, la fin de mon histoire ?

Eh ben c'est ça.

C'est moi, c'est un enfant, assis sur un banc.

Elle s'arrête là, mon histoire, parce qu'on est aujourd'hui et que, aujourd'hui, il ne se passe rien de plus.